Nuits avec un play-boy

CAROL MARINELLI

Nuits avec un play-boy

Traduction française de
CATHERINE BENAZERAF

AZUR

HARLEQUIN

Collection : Azur

Titre original :
HIS INNOCENT FOR ONE SPANISH NIGHT

HARPERCOLLINS FRANCE
83-85, boulevard Vincent-Auriol, 75646 PARIS CEDEX 13
Service Clients — www.harlequin.fr
ISBN 978-2-2805-0284-9 — ISSN 0993-4448

Édité par HarperCollins France.
Composition et mise en pages Nord Compo.
Imprimé en février 2024 par CPI Black Print (Barcelone)
en utilisant 100% d'électricité renouvelable.
Dépôt légal : mars 2024.

FSC www.fsc.org
MIXTE
Papier issu de sources responsables
FSC® C159065

Pour limiter l'empreinte environnementale de ses livres, HarperCollins France s'engage à n'utiliser que du papier fabriqué à partir de bois provenant de forêts gérées durablement et de manière responsable.

1

— Je ne peux quand même pas tout laisser tomber, du jour au lendemain, pour partir en Espagne. J'ai des obligations !

Emily Jacobs secoua la tête avec véhémence. À ses côtés, son amie Anna désigna du menton sa fille, Willow, qui courait devant elles – pour une enfant de quatre ans, la neige fraîche et la présence de sa marraine étaient deux sujets d'excitation !

— Si quelqu'un a des obligations, ici, c'est plutôt moi, objecta Anna. Depuis trois mois, tu n'en as plus aucune !

— Mais j'ai promis à Gordon de rester jusqu'à ce que la vente de l'affaire soit conclue, et...

Emily s'interrompit. Ce n'était pas tout à fait comme cela que les choses se présentaient. À dire vrai, Gordon l'avait *autorisée* à occuper la chambre qui était la sienne dans la maison d'hôtes dont ils partageaient la gestion, jusqu'à la vente. Une sorte de faveur de sa part, un geste magnanime.

Le lieu appartenait à la mère du jeune homme, et il s'était empressé de le mettre en vente à peine celle-ci était-elle décédée. C'était tout aussi brutalement qu'il avait rompu ses fiançailles avec Emily.

Elle n'avait pas tardé à se rendre compte qu'il ne la considérait que comme une banale employée.

Une employée logée sur place, puisqu'elle avait toujours disposé de sa propre chambre, Gordon se refusant à ce qu'ils partagent le même lit tant qu'ils n'étaient pas mariés.

Emily n'avait eu d'autre choix que de respecter ce que son *fiancé* présentait comme l'observation de strictes convictions religieuses – une situation dont elle s'était bien gardée d'informer sa meilleure amie. Anna se serait certainement moquée en découvrant qu'Emily s'était liée avec un homme n'éprouvant aucun désir pour elle.

Mais comment Emily aurait-elle compris de quoi il en retournait, avec son absence totale d'expérience sexuelle ? Tout ce qu'elle savait, c'était que les baisers de Gordon étaient plus réticents qu'enthousiastes. Et elle ne se souvenait que d'une seule fois où il s'était laissé aller à avoir les mains baladeuses. Très brièvement. Il la trouvait « un peu trop potelée », avait-il dit.

Aussi Emily s'était-elle efforcée de perdre du poids. Sans que Gordon ne semble le remarquer. Et il n'avait pas davantage prêté attention lorsqu'elle avait repris ses kilos.

Par nature, elle était timide et réservée. Du coup, toute sa piètre assurance s'était envolée. À certains moments, elle se pensait responsable du peu de passion de Gordon. À d'autres, elle tâchait de se persuader que tout s'arrangerait dès qu'ils seraient mariés.

Ce n'était que récemment qu'Emily avait commencé à y voir clair : Gordon n'avait jamais eu envie d'elle. Il l'avait seulement... *utilisée*. Pour faire taire les doutes de sa mère.

Par conséquent, leur relation avait eu beau durer cinq ans – dont trois ans de fiançailles –, Emily était encore vierge à vingt-six ans !

Anna venait de se lancer à la poursuite de Willow qui courait vers le lac gelé, mais Emily se dispensa d'emboîter le pas à son amie. Sous le ciel limpide de février, aussi bleu que par un jour d'été, elle appréciait un peu de solitude lui permettant de réfléchir au choix qui s'offrait à elle.

Quelques jours auparavant, une ancienne camarade d'université l'avait appelée pour lui faire part d'une proposition. Toutes deux étaient restées en contact via les réseaux sociaux, mais l'offre de Sophia était des plus inattendues.

« J'ai besoin d'une réponse rapide, avait-elle dit. Mon congé maternité débute dans quelques jours, et je tiens à régler le problème avant de partir. Mes employeurs souhaitent trouver quelqu'un qui aura un œil neuf pour rajeunir leur site web. Ils veulent s'adresser à une clientèle internationale. J'ai montré aux deux frères ce que tu as fait pour la maison d'hôtes où tu travailles. Ils ont été favorablement impressionnés. Surtout Alejandro. »

Depuis la rupture avec Gordon, Emily s'était davantage consacrée à faire décoller sa petite affaire de conception de sites web – une activité entreprise pendant qu'elle travaillait aux côtés de son *fiancé*, sans avoir le temps de la développer autant qu'elle l'aurait souhaité.

La proposition de Sophia était inespérée. Mais la timidité naturelle d'Emily la retenait d'accepter.

« Tu serais embauchée pour six semaines, avait précisé Sophia. Logée et nourrie, en plus du remboursement de tes frais de voyage. Et si le site web est prêt dans les temps, il y aura une prime généreuse. »

La somme annoncée l'était indubitablement – comme la totalité du contrat.

Ce qui ne laissait pas de préoccuper Emily !

N'ayant eu à ce jour que deux clients, elle s'était imaginé que sa modeste entreprise progresserait petit à petit ; non qu'elle ferait un bond pareil, sous l'effet d'une telle sollicitation. Se jugeant sous-qualifiée et bien trop inexpérimentée, Emily avait été à deux doigts de refuser.

« Réfléchis, avait conclu Sophia. Il me faut une réponse d'ici lundi. »

Confrontée à une décision aussi considérable, Emily s'était octroyé un week-end de congé – chose exceptionnelle –, pour le passer auprès de sa plus fidèle amie.

Anna et elle avaient grandi ensemble dans un petit village de la campagne anglaise. On les prenait aisément pour des sœurs, en dépit de leurs différences physiques – la minceur d'Anna n'avait rien de commun avec les rondeurs de son amie –, mais aussi psychologiques – son audace était à l'opposé de la prudence dictant toutes les actions d'Emily. Cependant, le lien entre elles était si fort qu'on les croyait fréquemment de même sang.

Anna et Willow étaient la seule famille qu'il restait à Emily.

Peut-être était-ce la raison qui lui avait fait accepter une relation aussi imparfaite avec Gordon ? se demandait-elle souvent. Avait-elle à ce point besoin d'un foyer, qu'elle s'en était contentée ?

Ayant rattrapé Willow et sa mère, Emily éclata de rire en voyant la petite batailler pour échapper à celle-ci.

— Ze veux aller sur la glace ! zozota la fillette.

— Pas question ! s'écrièrent Emily et Anna à l'unisson.

Entraînant une Willow récalcitrante en direction du village, Anna soupira :

— Elle n'a peur de rien...

— Comme sa mère ! rétorqua Emily en souriant. Tu ne te souviens pas que tu adorais marcher sur la glace, quand nous étions petites ?

— C'est vrai. Toi, par contre, tu...

Emily grimaça.

— J'aurais bien aimé te suivre, dit-elle, mais j'avais trop peur de faire de la peine à mes parents.

Plus âgés que ceux de ses camarades de classe, ils se tracassaient pour tout et n'importe quoi. C'était peu de dire qu'ils l'avaient élevée dans du coton ! Si elle avait le malheur d'être en retard de quelques minutes, tous deux l'attendaient invariablement au bout du chemin menant à leur maison, l'air inquiet.

Le moment était peut-être venu de faire preuve d'audace, et d'accepter un changement radical dans sa vie, au risque de décevoir son ex.

— Je m'étais engagée à aider Gordon pour vider la maison..., marmonna-t-elle pensivement.

— Emily ! s'exclama Anna d'un ton réprobateur. Ce n'est pas à toi de...

Elle s'interrompit, comme pour ne pas davantage porter le fer dans la plaie. Mais quelle plaie ? s'interrogea Emily. Sa relation avec Gordon n'avait jamais été suffisamment passionnée pour qu'elle souffre de leur séparation.

— Tu crois qu'il ne s'est pas assez servi de toi ? reprit Anna.

Se dispensant de répondre, Emily pinça les lèvres. Le soupir qu'elle exhala par les narines fit naître une petite vapeur blanche devant elle.

— Regarde, maman ! s'exclama Willow, manifestement ravie. Emily est un dragon !

— Pas tout à fait, observa Emily en se tournant vers sa filleule. Les vrais dragons crachent du feu.

Si seulement elle avait autant de combativité qu'un dragon ! se désola-t-elle intérieurement. Car elle n'ignorait pas qu'avec Gordon elle s'était montrée des plus faible.

Et s'il ne s'était agi que de cela ! Un peu plus de courage lui aurait été bien nécessaire pour reprendre ses études de commerce, au lieu de choisir la facilité en emménageant avec celui-ci et sa mère, se contentant de les seconder dans la gestion de l'affaire familiale.

Au moins pouvait-elle s'appuyer sur Anna pour prendre sa décision.

— Si j'ai bien compris, entama celle-ci en l'arrachant à ses pensées, tu as rencontré Sophia à l'université.

— Oui, pendant mes cours d'espagnol.

— Et vous êtes restées en relation ?

Emily hocha la tête.

— Plus ou moins, répondit-elle. Nous communiquons sur les réseaux sociaux. C'est comme cela que Sophia a vu le site web que j'ai créé pour la maison d'hôtes de Gordon.

— Six semaines sur place, ce n'est pas un peu beaucoup pour créer un site web ? questionna Anna.

— Pas dans ce cas. Il s'agit d'un important domaine viticole de la région de Jerez. Le vignoble s'étend dans la campagne andalouse, autour de ce qu'on appelle la bodega. Ce sont les chais où sont conservés les tonneaux servant à la maturation du vin de Xérès.

Peu au courant de tout ce qui concernait pareil univers, Emily s'était lancée dans des investigations sur Internet à la seconde où s'était interrompu le coup de fil de Sophia.

— Le bâtiment ressemble davantage à un château qu'à un entrepôt, ajouta-t-elle. Il abrite divers restaurants, désignés sous le terme de *tabernas*. C'est une entreprise familiale dirigée essentiellement par deux frères. Enfin, quand ils trouvent le temps de s'y consacrer...

— C'est-à-dire ?

— J'ai effectué quelques recherches à leur sujet. Ils m'ont l'air de deux play-boys, trop gâtés par la vie. Leur terrain de jeu favori semble s'étendre tout autour de la Méditerranée.

D'après ce qu'Emily avait découvert, Alejandro et Sebastián Romero étaient aussi séduisants qu'ils semblaient noceurs. Elle exhala un long soupir, avant de reprendre :

— Je me demande si je suis bien qualifiée pour répondre à leur attente. Ils sont à la tête d'un empire s'élevant à plusieurs millions de dollars – voire plusieurs milliards.

Les yeux écarquillés, Emily songea qu'elle n'avait jamais eu affaire à des clients d'une telle importance.

— Ils veulent une complète refonte du site, par quelqu'un qui aura un point de vue entièrement neuf sur l'entreprise.

— Un regard vierge, tu veux dire ? plaisanta Anna. Ce qui n'est pas ton cas, bien sûr !

Emily eut un petit haussement d'épaules. Son amie ne se doutait pas de la vérité. Pour aussi proches qu'elles soient, il y avait des choses qu'Emily était incapable d'avouer.

— Je ne connais rien au vin de Xérès, dit-elle. Ça m'a tout l'air d'être une énorme industrie. Pour moi, c'était juste un apéritif pour vieilles dames. Ma mère et ma grand-mère s'en permettaient un petit verre à Noël...

Marquant une pause, Emily se rappela ces épisodes de son enfance avec un sourire attendri. Puis elle laissa échapper un petit rire, avant d'ajouter :

— Je n'aurais jamais imaginé que le xérès puisse avoir des connotations aussi... *sexy*.

Elle avait prononcé ce dernier mot en remuant silencieusement les lèvres, par-dessus la tête de Willow. Anna éclata de rire. Était-ce parce que son amie était trop coincée pour prononcer ce qualificatif à haute voix ? Et pas seulement en raison de la présence d'une enfant de quatre ans...

— Comment cela ? interrogea Anna.

— Je ne sais pas..., répondit Emily.

Tout ce qu'elle savait, c'était qu'elle avait terriblement envie de partir pour Jerez de la Frontera. Ce qu'elle avait lu sur les bodegas concurrentes, les ballets équestres de l'école andalouse de dressage, les spectacles de flamenco, tout l'envoûtait.

La journée avait été riche en émotions pour Willow qui ne se fit pas prier pour se mettre en pyjama et quémander une histoire à sa marraine. Ce fut elle qui choisit le livre – probablement acheté par sa mère à des fins instructives : on y incitait les petites filles à suivre leurs rêves !

— Quand je serai grande, déclara Willow en posant la tête sur l'oreiller, je veux être un vrai dragon qui crache du feu... Ou, peut-être, une princesse exploratrice. Et le week-end, je me transformerai aussi en licorne.

— Formidable ! déclara Emily avec un grand sourire.

— Tu es très jolie quand tu souris, observa Willow à moitié endormie. Mais c'est pas souvent...

Emily hocha la tête.

— Je sais, murmura-t-elle pensivement. Je crois que je suis venue au monde avec un air grave.

— Qu'est-ce que tu veux être quand tu seras grande ? questionna la fillette.

Une vieille fille solitaire, je suppose, songea Emily, s'interdisant, néanmoins, cette réponse.

— J'ai vingt-six ans, répondit-elle. C'est déjà grande, non ?

— Pas pour une licorne.

Sur cette affirmation, Willow ferma les yeux et Emily se retira en tirant doucement la porte derrière elle. En bas, Anna s'affairait dans la cuisine. Mais, au lieu de la rejoindre immédiatement, Emily s'assit sur les marches de l'escalier. De nouveau, elle éprouvait le besoin d'un moment de tranquillité.

Laissant son regard errer sur les photos aux murs – la plupart étaient son œuvre –, elle fixa les yeux sur l'une d'entre elles où l'on voyait les parents d'Anna et les siens rassemblés à l'occasion d'une fête de village.

C'était ce jour-là qu'Anna avait annoncé à Emily qu'elle était enceinte et terrifiée à l'idée de le révéler à ses parents. La suite avait prouvé qu'elle n'avait pas tort !

Le regard d'Emily s'attarda sur son propre père, si fragile dans sa chaise roulante. Il souriait à l'appareil, sans avoir l'air de bien comprendre ce qu'il se passait. Dans les yeux de sa mère, Emily lisait l'épuisement. À peine un mois plus tard, elle n'était plus de ce monde.

Après cela, Emily s'était jetée, tête baissée, dans une vie où tout n'était que frustration et déconvenues. Comment en aurait-il été autrement quand votre soi-disant fiancé vous embrassait comme si vous étiez sa grand-tante en visite ? Quand il vous laissait obstinément seule dans votre lit ?

Que Gordon soit homosexuel, Emily n'en avait que faire. Sauf qu'elle aurait préféré le savoir dès leur rencontre, plutôt qu'avoir gâché cinq précieuses années de sa jeunesse à se demander ce qui n'allait pas chez elle.

Avoue que si tu es restée, c'est parce que ça t'arrangeait !

Cette désagréable pensée venait de surgir dans l'esprit d'Emily sans qu'elle n'ait le temps de la repousser, comme elle savait si bien le faire.

Mais ce n'était que l'amère vérité : elle se refusait à affronter la vie. Depuis toujours.

Pour l'enfant timorée qu'elle était, des parents surprotecteurs étaient une bénédiction. Ils lui avaient fourni une excuse parfaite pour ne jamais prendre le moindre risque. La vérité, c'était qu'*elle-même* avait affreusement peur du danger.

Et ce n'était pas seulement face aux grandes décisions qu'elle était incapable de la moindre audace. Depuis toujours, elle s'habillait de la manière la plus conventionnelle qui soit. Et si elle coupait ses cheveux elle-même, c'était pour ne pas s'asseoir dans le fauteuil d'un salon de coiffure où elle aurait dû affronter les regards d'autrui.

Percevant la vibration de son téléphone, Emily jeta un coup d'œil à l'écran. C'était un message de Sophia, rédigé dans un jargon difficilement compréhensible :

> Los hermanos réclament nouveau site web d'urgence pour négociations avec clients US. Permiso por maternidad dès lundi. Besoin de toi ici demain. Puedes ? Sophia.

Demain ?

Emily relut le message. Grâce au peu d'espagnol qu'il lui restait, elle comprit que le congé maternité de Sophia commençait plus tôt que prévu. Et Sophia lui mettait clairement le marché en main : soit Emily acceptait cet emploi sur-le-champ, soit elle laissait passer sa chance.

N'était-ce pas le moment de sauter sur une occasion qui ne se présenterait pas à nouveau ? On lui offrait sur un plateau voyage et aventure. Que rêver de mieux ?

Et, lorsqu'elle en aurait terminé avec le travail proposé, peut-être s'autoriserait-elle à rester un peu plus longtemps en Espagne pour se mettre en quête de ce qu'elle avait trop longtemps négligé : une idylle. Même brève.

Il était temps qu'elle découvre ce que cela faisait d'être embrassée avec passion. Qu'elle apprenne les choses du sexe. Emily ignorait tout de son propre corps. Elle ne demandait qu'à s'instruire. Oui, une idylle de vacances pourrait faire partie de son programme...

Elle demeura assise dans l'escalier encore un moment, puis reprit son téléphone pour passer un appel. Mais ce n'était pas avec Sophia. Ensuite, Emily gagna le salon où l'attendait Anna.

— Je viens d'appeler Gordon, dit-elle d'une voix tremblante. Je lui ai annoncé que j'avais trouvé un emploi à l'étranger, et que je partais demain. Il m'a paru très contrarié. Il m'a reproché de le mettre au pied du mur.

— Parce que ce n'est pas ce qu'il a fait avec toi ?

— Tu as raison. Il faut que j'appelle Sophia pour lui dire que c'est d'accord.

Pour informer cette dernière, Emily s'efforça d'insuffler autant d'enthousiasme que possible dans sa voix. Lorsqu'elle mit fin à la discussion, elle se tourna vers Anna.

— Sophia espère pouvoir m'accueillir à l'aéroport, dit-elle. Sinon, ce sera son mari. L'appartement prévu pour moi n'est plus libre – c'est la période du festival de flamenco –, aussi, je serai logée dans celui de la gouvernante.

Anna plissa le nez.

— Tu veux dire que vous serez colocataires ? questionna-t-elle.

— J'espère que non ! J'ai cru comprendre qu'elle était absente, mais... Oh ! tout va beaucoup trop vite...

— C'est mieux ainsi ! Si tu avais eu davantage de temps pour réfléchir, tu n'aurais jamais accepté.

— Ce n'est pas faux, mais... Je n'ai rien à me mettre !

Pour une fois, la traditionnelle rengaine féminine reflétait la pure réalité. Emily se contentait d'alterner deux ou trois tenues identiques. Toutes choisies pour leur caractère fonctionnel. Toutes dans des tonalités de gris ou noir. Toutes également insipides.

— Mais tu trouveras certainement toutes les boutiques nécessaires à Jerez, protesta Anna. Et des salons de coiffure !

Emily accueillit avec un pincement des lèvres la taquinerie de son amie.

Comme Anna était dotée d'une audace qui lui faisait cruellement défaut ! se désola intérieurement Emily. Désormais, elle allait rattraper le temps perdu, testant toutes les choses qui lui étaient encore inconnues.

2

Alejandro Romero aurait clairement préféré voir le bout de cette conversation.

De cette journée, même. De cette semaine !

On était à la fin de la soirée du dimanche, par conséquent au moins deux de ces souhaits n'allaient pas tarder à se réaliser, songea-t-il.

En revanche, il n'en serait pas de même pour ce qui était de la conversation : Mariana n'allait pas s'avouer vaincue si facilement.

— Et tu as choisi de rompre avec moi au beau milieu d'un vulgaire *cellier* ! s'écria-t-elle.

— Mariana, tu oublies que je t'ai parlé de notre rupture au début décembre, protesta Alejandro. Nous sommes en février.

De plus, le lieu n'avait pas grand-chose à voir avec une banale cave à vin. La bodega Romero se situait à quelques pas de la splendide plaza de Santiago et ses luxueuses boutiques.

Mariana et lui se tenaient sous les spectaculaires arches de bois de ce qui avait été autrefois une église. Néanmoins, lorsqu'elle raconterait l'épisode à la ronde, ce serait en claironnant qu'Alejandro Romero lui avait annoncé qu'il la plaquait au beau milieu d'un vulgaire chai !

Certes, il mettait un point final à leur histoire. Sauf que Mariana ne voulait rien savoir, et continuait à vociférer.

— *Alejandro, si significo algo para ti, por favor no hagas esto hoy.*

(Alejandro, si je représente encore quelque chose pour toi, je t'en prie, ne fais pas ça aujourd'hui.)

— Comment ça, *aujourd'hui* ? questionna Alejandro. Je t'ai annoncé que je voulais rompre avant Noël…

— Oui, mais c'était avant qu'on découvre la maladie de ton père.

Elle se cramponna aux revers de la veste d'Alejandro, avant d'ajouter :

— Attends au moins jusqu'à ce que…

— Que quoi ? Ce ne sera jamais le bon moment.

— Ton père est mourant, Alejandro ! gémit Mariana.

Alejandro était fermement décidé à ne pas se laisser attendrir. Il détestait tout le cinéma de Mariana. Car il ne s'agissait de rien d'autre. Entre eux, il n'avait jamais été question d'amour.

— Tu n'es qu'un cœur de pierre ! s'exclama la jeune femme. Pourquoi ne pas laisser ton père pousser son dernier soupir en croyant que nos domaines vont fusionner ?

Alejandro haussa les épaules.

— Mon père n'est pas à l'article de la mort, objecta-t-il. S'il accepte d'être opéré, il en a encore pour plus d'une année. Et je n'ai aucune intention de me contraindre au célibat pendant une aussi longue période, crois-moi !

— Tu n'es qu'une ordure ! Avec toi, tout n'est jamais qu'une question de sexe.

— Effectivement ! Et ne me dis pas que tu n'as pas profité de notre petit arrangement. Mais tu ne me convaincras pas de te passer la bague au doigt. J'en ai assez de toutes ces histoires de famille.

Il s'interrompit pour ôter la main de Mariana de son bras, puis enchaîna :

— Je ne t'aime pas, Mariana. Et tu ne m'aimes pas non plus.

Alejandro préférait se montrer direct. De plus, ce qu'il disait était la pure vérité.

— Mais c'est exactement la raison pour laquelle notre relation est parfaite, protesta Mariana. Je me moque bien de savoir que tu ne crois pas à l'amour…

Elle avait réponse à tout, songea Alejandro en repoussant la main qui caressait sa mâchoire crispée.

Mais elle n'avait pas tort sur un point : il ne croyait pas à l'amour. En tous les cas, il s'en défiait. N'avait-il pas constaté les dégâts que ce sentiment causait sur ses propres parents ?

— Ne fais pas ça ! reprit Mariana sur un ton menaçant. Tu ne peux pas infliger un tel chagrin à ton père. Ça va l'achever.

— Mariana ! Tout est fini entre nous !

— Jusqu'à ce qu'une femme se cramponne à toi, et que tu réalises à quel point notre relation marchait bien.

Cette fois la main aux ongles parfaitement manucurés se posait sur sa braguette, et Alejandro la repoussa d'un geste brusque.

— Rentre chez toi, veux-tu ? marmonna-t-il en bataillant pour écarter Mariana qui cherchait à l'embrasser.

Elle le barbouilla de rouge à lèvres et éclata de rire en le voyant reculer la tête.

— Nous nous reverrons bientôt, railla-t-elle. Lorsque tu découvriras que tu as besoin de moi !

Faisant danser sa jupe autour d'elle, Mariana s'éloigna à grandes enjambées. Seul dans la pénombre, Alejandro poussa un soupir de soulagement. C'était fini !

Mais avait-il vraiment choisi le bon moment pour cela ? La nouvelle allait bouleverser son père. Mariana avait-elle raison en affirmant que cela l'achèverait ?

Pour le moment, José Romero semblait avoir renoncé à toute envie de se battre. Comme s'il attendait la mort. Pour rien au monde Alejandro n'aurait voulu ajouter à son mal-être.

Debout dans la pénombre, il s'absorba quelques instants dans le souvenir des accusations que Mariana avait portées contre lui.

Certes, on pouvait fort bien lui reprocher son cœur de pierre !

La vie avait toujours paru plus simple à Alejandro, si l'on se tenait à l'abri de tout le fatras des émotions. Il consacrait son temps, à parts presque égales, au travail et à la fête, mettant la même énergie dans l'un comme dans l'autre.

De l'extérieur lui parvenaient les rires et les conversations des dîneurs attablés dans la cour du restaurant qu'il lui faudrait traverser pour gagner sa résidence privée. Mais au lieu de rentrer directement chez lui Alejandro pénétra dans la salle de la très chic *taberna* Romero.

— *Hola !*

Une serveuse l'accueillit avec un sourire de bienvenue. Plusieurs clients firent de même. Alejandro se contenta de les saluer d'un signe de tête. Ce soir, il n'était pas d'humeur à bavarder.

Il n'était pas rare que le restaurant soit bondé. Mais en ce dimanche soir, avec l'attraction d'un spectacle de flamenco, c'était encore plus vrai que d'habitude. Jetant un coup d'œil au programme, Alejandro se rendit compte que la danseuse en vedette était Eva, l'une de ses ex.

C'était tout le problème d'être en terrain connu, songea-t-il en s'installant dans le box réservé à la famille Romero. Il ne pouvait éviter de se trouver nez à nez avec un trop grand nombre de ses anciennes conquêtes.

Avec Eva, c'était même particulier : elle avait été sa première petite amie, il y avait fort longtemps de cela.

Le martèlement des talons sur le parquet de la scène s'intensifia tandis que les lumières se faisaient plus tamisées. Pourtant, Alejandro ne tourna pas la tête vers les danseurs, refusant de se laisser envahir par les souvenirs.

Comment aurait-il oublié toutes ces soirées où il s'asseyait en coulisse pendant que sa mère se produisait dans des théâtres aussi prestigieux que ceux de Barcelone ou Madrid ?

Et il avait encore présentes à l'esprit les récriminations de son père, lorsque celle-ci rentrait au bercail. Tout autant que la terrible dépression dans laquelle José Romero avait sombré, après que la célèbre Maria de Luca avait cessé d'y revenir.

Ni Sebastián – le frère aîné d'Alejandro –, ni Carmen, leur cadette, n'avaient pardonné cet abandon à leur mère. Ils la détestaient farouchement.

Pour sa part, Alejandro ne la condamnait pas entièrement, ayant conscience qu'elle avait affreusement souffert des reproches virulents d'un époux incapable de comprendre son talent, d'accepter son art.

Car le flamenco était *bel et bien* un art.

Ne parvenant pas à tourner les yeux vers la scène, Alejandro promena son regard sur l'assistance. Il s'agissait essentiellement de gens du cru, attirés par la perspective de voir se produire Eva.

Ce fut alors qu'il remarqua une étrangère. Clairement la jeune femme n'était pas du pays !

Ce n'était pas seulement sa chevelure blonde qui la démarquait du reste du public. Plutôt son évidente fébrilité et sa gaucherie. Jouant avec une mèche de cheveux, trempant les lèvres dans son verre à petits coups nerveux, elle avait l'air d'un poisson hors de l'eau. Son corsage était trop serré, et elle semblait s'être peignée avec un râteau.

Alejandro la vit faire la grimace en approchant de son nez une coupelle contenant un amuse-gueule qu'elle renifla comme pour comprendre de quoi il s'agissait – manifestement, elle n'avait pas l'habitude des traditionnelles *tapas*. Elle se décida à l'ingurgiter, puis fut secouée d'un frisson. On aurait cru un petit chien en train de s'ébrouer. Sauf que le mouvement agita sa poitrine, ce qui arracha à Alejandro l'un de ses rares sourires.

Un appareil-photo était posé sur la table, devant elle. Se pouvait-il qu'il s'agisse d'Emily Jacobs, embauchée pour créer le nouveau site web ? s'interrogea-t-il.

La malheureuse affichait la mine de quelqu'un qui se demande vraiment dans quelle galère on l'a embarqué.

Un instant Alejandro se reprocha presque d'avoir insisté pour faire appel à la débutante recommandée par Sophia, plutôt qu'écouter Sebastián qui optait pour quelqu'un de chevronné...

Mais, soudain, la jeune femme leva la tête. Non pas vers lui, mais vers la scène. Aux acclamations, Alejandro comprit qu'Eva n'allait pas tarder à paraître.

Pourtant, il demeura tourné vers celle dont il ne doutait pas qu'elle fût effectivement Miss Jacobs. Alors, il eut confirmation qu'il avait eu raison de tenir bon face à l'opposition de son frère.

Sur le visage inconnu, l'expression de découragement venait de laisser place à une attention captivée. La jeune Anglaise s'était redressée sur le siège en bois, et elle n'avait plus rien d'avachi ni de mal à l'aise. La bouche entrouverte, elle fixait un regard écarquillé sur ce qui était probablement le premier spectacle de flamenco auquel elle n'eût jamais assisté.

Quand elle s'était redressée, sa poitrine avait tendu la simple chemise blanche. Curieusement, sa très banale tenue avait une sorte d'élégance subtile.

Alejandro découvrait que cette femme était… *belle*.

À voir l'extase se peignant sur son visage, il songea que le spectacle valait peut-être la peine qu'il s'y intéresse.

Sauf qu'il n'avait qu'une seule envie : admirer Emily Jacobs…

Emily n'avait jamais assisté à un spectacle aussi fascinant.

Son voyage précipité jusqu'à Jerez s'était avéré épouvantablement long. À son arrivée, ni Sophia ni son mari ne l'attendaient à l'aéroport. Un individu, muni d'une pancarte, lui avait présenté les excuses de son amie et tendu une lettre. Sophia y expliquait qu'elle tâcherait de la rejoindre au petit déjeuner, et que le mieux qu'Emily avait à faire, c'était de dîner à la *taberna* où elle commencerait à s'imprégner de l'atmosphère locale. Surtout ce soir, où une certaine Eva devait se produire.

Tout cela n'était que charabia pour Emily !

Si elle s'était écoutée, elle aurait passé la soirée seule, dans l'appartement où on l'avait installée – la gouvernante était fort heureusement absente, avait-elle constaté avec soulagement. Mais puisque Sophia sous-entendait que ce serait une façon de s'initier à ses nouvelles fonctions, Emily avait jugé qu'elle se devait d'obtempérer. De plus, elle était affamée.

Une fois au restaurant, elle s'en était remise à la serveuse pour faire son choix, la carte la laissant médusée. Ladite serveuse lui avait apporté un assortiment de coupelles contenant des mets tout à fait appétissants – apparemment appelés des *tapas* –, mais peu susceptibles d'apaiser sa fringale.

Sur scène, quelques musiciens grattaient leur guitare. L'ambiance était chaleureuse, pourtant Emily se sentait bien seule face à une nourriture plutôt faite pour être partagée. Elle se trouvait godiche, empruntée.

C'était au moment où elle se préparait à ramasser son appareil-photo sur la table, et à quitter les lieux, que le charme opéra...

L'obscurité se fit, et le brouhaha s'éteignit. Dans l'ombre, Emily discerna avec difficulté une silhouette féminine, plantée au milieu du plateau, un bras levé au-dessus de la tête. Puis, lorsque des lumières tamisées se rallumèrent, la danseuse entama des mouvements très lents, de son autre bras.

C'est certainement Eva, songea Emily.

Elle était stupéfiante.

Ses boucles brunes rassemblées en chignon sur le sommet de la tête, outrageusement maquillée, elle tendait un cou de cygne, mince et nerveux. Elle portait une robe d'un jaune aussi éclatant que celui des tournesols, dont les volants ondoyaient comme ces longues fleurs sous la brise.

Emily se redressa sur son siège. Lorsque Eva entama une danse indolente et sensuelle, elle demeura pétrifiée.

C'était envoûtant.

Eva se mit à frapper dans ses mains, et entreprit de marquer le rythme du talon de ses chaussures noires, accompagnée par les guitares des hommes. Puis, souriant ou crispant ses traits, elle exprima une succession d'émotions, toujours traduites par la musique. C'était incroyable.

Fascinée, Emily ne pouvait détacher les yeux du corps souple enchaînant les postures énergiques ou sensuelles. La musique, la danse, le tempo endiablé des martèlements de pieds et battements de mains, tout cela semblait monter dans un crescendo inexorable.

Comment avait-elle pu ignorer, jusqu'à ce jour, que cet univers existait ? s'interrogea Emily. Elle aurait voulu se lever et se mettre à danser comme le faisaient certains convives. Ou ajouter ses acclamations aux leurs. C'était spontanément qu'elle souriait et levait son verre pour marquer son admiration au hasard des mouvements successifs.

C'était ensorcelant, fantastique... Puis, une femme s'approcha de la scène, et Emily se tourna pour voir ce qu'elle allait faire. Alors, bien que la *taberna* continue de vibrer au rythme de la musique et de la danse, ce fut comme si tout se taisait autour d'Emily.

Un regard, fixé sur elle, sembla l'aspirer. L'homme portait un costume noir bien différent de ceux, plus ordinaires, des mâles qui l'entouraient. Car *lui* n'avait rien d'ordinaire.

Il avait beau avoir desserré sa cravate, porter une ombre de barbe, son allure était d'une élégance raffinée. Et dans son regard sombre brillait une hardiesse inouïe.

Jamais personne n'avait regardé Emily de la sorte. De même qu'elle n'avait jamais soutenu le regard de quiconque avec une telle intensité. De toute sa vie !

Allait-il se lever pour venir à sa rencontre ? Ou lui faire signe de le rejoindre ? Rien de tout cela n'aurait semblé déplacé à Emily.

Sur sa chaise en bois, elle percevait jusqu'au tréfonds de son être les échos du tonnerre retentissant sur la scène.

Mais ce n'était rien en comparaison de l'effet que lui faisait cet homme. Peu à peu, elle reprit conscience de la musique, et ses sens se réveillèrent. Son estomac se contracta sous l'effort qu'elle faisait pour se prémunir contre le feu de ce regard.

Sauf qu'elle ne parvenait pas à s'empêcher d'en être bouleversée. Emily sentait sa poitrine se dilater, tendre l'étoffe de son soutien-gorge. Sa gorge était tellement nouée qu'elle avait du mal à déglutir. Quant à sa bouche... C'était comme si ses lèvres, exagérément gonflées, occupaient toute la place sur son visage.

Sans qu'ils n'aient échangé le moindre mot, alors que leur contact visuel ne durait que depuis quelques secondes, la présence de cet homme mettait Emily dans un état d'excitation comme elle n'en avait jamais connu de toute sa vie.

Que lui arrivait-il ?

Elle s'efforça de ne pas prêter attention à ces déroutantes palpitations ressenties à un endroit où elle n'aurait pas cru qu'il soit possible d'en percevoir.

C'était un tel choc d'éprouver pour la première fois une réelle excitation sexuelle ! Et en public, par-dessus le marché !

Emily n'avait plus qu'une envie : fuir. Il lui fallait échapper à ce maelström de sensations étranges ; à la présence si intense d'un homme qu'elle ne connaissait même pas. Elle avait l'impression d'être soudain en proie à des instincts primitifs...

Aussi choisit-elle de s'enfuir vers les toilettes.

Mujeres, était-il écrit sur la porte, au-dessous d'un dessin représentant une femme en robe à volants. Emily ne put que se réjouir de ce dessin explicite compensant son incapacité temporaire à mobiliser ses connaissances en espagnol.

Par chance, le lieu était désert !

Bien sûr, personne n'avait quitté la salle où Eva se produisait encore. Les échos du spectacle se propageaient jusque dans les lavabos, décorés comme un vestiaire, avec des chaises en velours disposées en face d'immenses miroirs.

Emily essaya de se convaincre que son émoi ne pouvait être imputable qu'à cette musique passionnée.

Son reflet lui rappela qu'elle n'avait pas pris le temps de se changer depuis son départ d'Angleterre. Elle portait toujours le même pantalon noir, le même chemisier blanc, les mêmes escarpins noirs...

Ses cheveux étaient en bataille, et il n'y avait pas la moindre trace de maquillage sur son visage. Comme d'habitude.

Ce qui n'était pas habituel, en revanche, c'était la rougeur de ses joues, et ses lèvres gonflées – à croire qu'elle les avait mordues. Elle voyait poindre ses tétons à travers la fine étoffe immaculée de son corsage.

Se laissant tomber sur une chaise, Emily nota que ses pupilles étaient dilatées, ses yeux humides. À croire que quelque chose s'était dégelé au tréfonds de son être...

Mais non, ce ne sont que les effets de la musique ! se redit-elle.

À quel moment les choses avaient-elles basculé ? Lorsque les lumières avaient baissé ? Avec les premiers claquements de mains ? Les premiers trépignements de talons ?

Ou lorsque son regard avait rencontré celui de l'inconnu ?

Derrière elle, la porte s'ouvrit et elle se surprit à espérer que c'était lui qui allait entrer. Ridicule ! se morigéna-t-elle *in petto.* Franchement, elle avait perdu tout sens commun !

Le manque de sommeil, probablement. La fatigue du voyage...

À moins que ce ne soit le résultat d'une trop longue frustration sexuelle.

Emily éclata de rire. La jeune femme qui venait d'entrer ne sembla pas s'en offusquer, et rit à son tour.

— *Ella est brillante, ¿no ? (*Elle est sensationnelle, non ?) dit-elle, en prenant place sur la chaise la plus proche.

— *Sí*, je n'ai jamais rien vu de tel, répondit Emily, se réjouissant d'avoir compris ce qui lui était dit, mais n'osant pas faire usage de ses rudiments d'espagnol.

— C'est la meilleure, déclara sa voisine en rajustant son corsage. Je prends des cours de flamenco avec elle. Nous venons parfois répéter ici...

Elle avait entrepris de retoucher son rouge à lèvres, mais s'interrompit, et son regard rencontra celui d'Emily dans le miroir.

— Vous êtes anglaise ? questionna-t-elle.

Emily se contenta d'opiner de la tête. Elle se sentait terriblement terne à côté de cette belle femme, si sûre d'elle-même.

— Vous êtes en vacances ? interrogea celle-ci.

— Non, je suis là pour mon travail.

C'était la pure vérité, pourtant Emily eut l'impression d'avoir proféré un mensonge. N'était-elle pas, également, en quête d'aventure. L'aventure de sa vie...

Soudain, la raison lui revint.

— Zut ! s'exclama-t-elle.

Voyant la femme sursauter, elle ajouta :

— Désolée, j'ai oublié mon appareil-photo sur ma table.

— Pas de problème.

Ce fut d'un pas un peu plus placide qu'Emily regagna la salle de restaurant. Le numéro de danse d'Eva semblait terminé, car les lumières s'étaient rallumées et les musiciens jouaient en sourdine.

Quant à la table d'Emily, elle avait été débarrassée, et un groupe de quatre joyeux drilles y avait pris place. Il n'y avait plus trace ni de son sac, ni de l'appareil-photo – ce qui était encore pire !

Pendant un bref instant, Emily sentit la panique la gagner. Fallait-il qu'elle ait été particulièrement négligente pour perdre ses affaires à peine arrivée en Espagne ! Mais très vite, un étrange calme l'envahit… la certitude paisible que son mystérieux inconnu n'aurait pas permis qu'une chose pareille arrive. Lentement, elle tourna la tête dans sa direction.

Devant lui, sur sa table, elle découvrit ce qui lui appartenait.

Elle fut pénétrée de nouveau par ce curieux sentiment de paix, lorsque l'homme lui fit signe d'approcher, d'un simple mouvement de tête.

Alors, sans hésitation, Emily obtempéra.

3

— Emily, c'est cela ? Sophia nous avait annoncé votre arrivée.

Fort heureusement, le bel Espagnol s'était levé à son approche et Emily se réjouit à l'idée que cela avait peut-être permis qu'il ignore son émoi. De toute évidence, elle avait affaire à l'un des frères Romero.

Ce dernier lui fit signe de s'installer dans le box de velours rouge – pas de chaises en bois pour la famille Romero –, et elle s'efforça d'afficher une apparence aussi imperturbable que le lui permettait le tumulte, dans ses veines, du sang courant comme de la lave incandescente.

— Je suis Alejandro, se présenta son interlocuteur.

— Le frère cadet, c'est cela ? avança Emily en essayant de retrouver le peu qu'elle savait de la famille.

— Le plus raisonnable. Tout au moins en comparaison des deux autres.

Emily sourit.

— Sebastián et Carmen ? fit-elle.

— *Sí*. Puis-je vous offrir quelque chose ?

— Je crois que j'ai déjà trop bu..., répondit-elle en portant les mains à ses joues, dans l'espoir qu'Alejandro imputerait leur rougeur à un excès de vin.

D'un geste, il désigna son sac à main et l'appareil-photo.

— La serveuse me les a apportés pour les mettre en sécurité, dit-il.

S'emparant de son précieux appareil-photo, Emily déclara :

— Heureusement ! Un instant, j'ai cru que je l'avais perdu.

— En tout cas, sachez que vous êtes ici chez vous. N'hésitez pas à vous installer à cette table chaque fois que vous aurez besoin de faire des photos pour le site.

— Merci.

Au ton de politesse un peu affectée sur lequel son interlocuteur s'adressait à elle, Emily en venait à se demander si elle n'avait pas rêvé l'échange de regard entre eux.

Mais, après tout, que s'était-il passé ? Rien d'autre que la prise de conscience de la part d'Alejandro Romero que l'inconnue au teint pâle, munie d'un appareil-photo professionnel, devait être sa nouvelle employée.

C'était *elle* qui s'était emballée.

À cause du changement de plateau, toutes les lampes avaient été rallumées. Du coup, dans la lumière plus vive, Emily découvrait des détails de sa physionomie qu'elle n'avait pas perçus jusque-là. Sous l'arc parfait des sourcils sombres, la couleur des prunelles était un mélange de diverses nuances de brun, étonnamment mis en valeur par le blanc des yeux le plus pur qu'Emily ait jamais vu. Sur un coin de ses lèvres sensuelles, elle nota une petite trace de rouge à lèvres.

Pourquoi ce détail retenait-il désagréablement son attention ? se demanda-t-elle. En quoi est-ce que le fait qu'Alejandro Romero ait récemment embrassé une femme la regardait-il ? Quand bien même il n'aurait pas été son patron, le ténébreux hidalgo n'était absolument pas le genre d'homme auquel elle pouvait prétendre.

Adossé à son siège, il tenait négligemment son verre entre ses longs doigts, et lui faisait la conversation dans un anglais impeccable, teinté d'un accent délicieux.

— Votre voyage s'est bien passé ? questionna-t-il.

À y repenser, Emily avait l'impression que cela remontait à des années-lumière.

— À peu près... J'ai attendu le vol pour Jerez plusieurs heures, à Madrid.

— C'est plus rapide en passant par Séville. Je m'étonne que Sophia n'ait pas arrangé cela.

— J'ai fait mes réservations moi-même.

— Ah oui, je sais qu'elle ne se sent pas très bien. Est-ce qu'elle a pu venir vous accueillir à l'aéroport ?

— Non.

— Alors, personne ne vous a fait visiter les lieux ?

— Non, pas encore.

Emily avait dit cela d'un air insouciant – comme si elle n'avait pas été envahie par un terrible sentiment de solitude, assise dans cet appartement inconnu. Et maintenant, elle se trouvait dans une *taberna*, face à l'homme le plus sublime qu'il puisse exister.

L'une comme l'autre de ces deux situations étaient ahurissantes – la seconde de façon bien plus agréable que la première.

— Où êtes-vous logée ? interrogea Alejandro. Plaza de Santiago ?

— Non, ici... Le logement habituel des visiteurs n'était pas libre. J'occupe celui de la gouvernante.

— Alors, nous sommes voisins. Ce n'est pas étonnant que l'appartement de la plaza de Santiago ait été loué. C'est le début du festival de flamenco.

Il avait dit cela en désignant la scène de la main, et Emily interrogea :

— Alors, c'est à cause du festival qu'il y a tant de monde ?

— Non, c'est surtout parce que, ce soir, Eva se produisait.

— Elle est incroyable !

— C'est vrai. C'est aussi une remarquable enseignante. D'ailleurs, certains de ses élèves vont monter sur scène.

— Je n'imaginais pas que le flamenco occupait une telle place dans la vie locale. Je croyais que c'était seulement destiné aux touristes.

— Oh ! non ! C'est une tradition très appréciée, ici.

Manifestement, Alejandro Romero n'était pas choqué par l'aveu d'Emily. Il avait certainement entendu ce genre d'opinion à maintes reprises.

— L'Andalousie abrite de nombreuses *peñas*, reprit-il. Ce sont des sortes de… clubs fréquentés par les *aficionados*.

— Les *aficionados* ? Ça signifie les fans ?

Alejandro opina d'un mouvement de tête.

— Est-ce que vous en faites partie ? ajouta Emily.

— Pas vraiment.

Une serveuse s'approchait, tendant une bouteille de vin pour remplir le verre d'Alejandro, mais il l'en dissuada en posant la main dessus. Il se tourna vers Emily.

— Avez-vous déjà goûté notre xérès ? s'enquit-il.

— Pas encore, avoua Emily.

Alejandro échangea quelques mots avec la serveuse – dans un espagnol trop rapide pour qu'Emily comprenne –, et une bouteille leur fut apportée, ainsi qu'une planche de fromage.

Sur le site de l'entreprise Romero, Emily avait vu des photos de leur bouteille. Mais aucune n'en avait rendu toute la beauté.

Oui, la beauté !

L'objet était une véritable œuvre d'art. Faite de verre noir, elle était scellée par de la résine couleur d'ambre dont quelques filets coulaient le long du col, comme de la cire fondue. La marque Bodega Romero était gravée sur le verre. Quant à l'étiquette, elle était magnifique.

Emily se saisit de la bouteille pour mieux l'examiner. Ce qu'elle avait pris, au premier abord, pour une fleur écarlate au cœur noir – une sorte de coquelicot –, était en réalité une danseuse de flamenco. Le rouge orangé était constitué par les volants de la robe ; la partie noire était la chevelure de jais de la femme, rassemblée en chignon au-dessus de sa tête.

— C'est magnifique, souffla-t-elle en reposant la bouteille.

Les longs doigts d'Alejandro eurent tôt fait de retirer capsule et bouchon.

— Celui-ci appartient à la catégorie des olorosos, fit-il en humant le goulot. C'est le genre de xérès que vos compatriotes apprécient le plus, et qu'ils désignent sous le nom de sherry. Vous en avez probablement déjà bu en Angleterre.

Emily songea qu'il aurait été grossier d'avouer que ce n'était pas sa boisson favorite. Aussi se contenta-t-elle de préciser :

— Je n'ai pas vraiment l'habitude de boire. Encore moins de ce type d'alcools.

— Pas de problème, déclara Alejandro.

Le sourire indolent dont il la gratifia révéla des dents tout aussi éblouissantes que le blanc de ses yeux.

Seigneur, elle n'avait jamais rencontré d'homme aussi séduisant ! s'émerveilla Emily. Pourtant, cela n'empêchait pas qu'elle se sente étonnamment à l'aise en sa présence.

Il remplit leurs verres avec des gestes aussi fluides que l'étaient leurs échanges.

— Goûtez un petit peu, pour commencer, dit-il.

Posant les yeux sur la trace de rouge à lèvres, au coin de la bouche d'Alejandro, Emily songea qu'elle ne demanderait pas mieux que de « goûter un petit peu ».

Ce fut une pensée fugitive. Et qui ne rimait à rien, se morigéna intérieurement Emily.

Un tel homme ne serait jamais pour elle ! En prendre conscience n'était pas faire preuve d'humilité, plutôt de réalisme.

Leurs regards se vrillèrent à nouveau l'un à l'autre, au moment où Alejandro levait son verre.

— *Salud* ! dit-il.

— Santé !

Alejandro observa la jeune Anglaise tandis qu'elle fermait les yeux pour savourer. Elle avait beau montrer une nervosité craintive, elle n'en était pas moins tout à fait délicieuse.

Il n'était pas rare qu'Alejandro initie des néophytes à la dégustation du xérès – cela constituait même l'essentiel de son travail. Alors comment expliquer qu'il soit à ce point troublé par une situation aussi banale ?

Emily ouvrit les yeux, et passa sur ses lèvres une langue rose. Avec un petit sourire en coin, elle observa :

— On dirait que j'apprécie le xérès davantage que je ne l'imaginais. Mais je n'y connais rien en matière de vins, aussi ne me demandez pas d'en faire la description sur le site.

— Ce que je vous ai fait goûter, expliqua-t-il, s'appelle un oloroso. C'est un xérès qui a du corps.

Pourquoi la situation était-elle chargée de sous-entendus ? s'interrogea Alejandro, s'appliquant à ne pas laisser son regard errer vers la poitrine de la jeune femme, dont on ne pouvait nier qu'elle aussi avait « du corps ».

Cherchant où poser les yeux, il vit qu'elle tenait entre ses doigts le bouchon enrobé de résine.

— Vous pouvez garder ça, si vous le voulez, dit-il à court d'arguments.

— Oh ! merci.

Levant les yeux vers Alejandro, Emily examina la bague qui avait scellé la bouteille. On y voyait l'aile d'un papillon, emprisonnée dans la résine. C'était un peu comme cela qu'elle se sentait, depuis toujours...

Prisonnière de sa propre timidité. Incapable de prendre son envol.

— Et maintenant, laissez-moi vous servir du fromage, annonça Alejandro. Vous aimez cela, au moins ?

— Bien sûr ! répondit Emily en glissant la capsule dans son sac. À condition que ce ne soit pas du chèvre.

Sans même lever les yeux des tranches qu'il déposait sur une assiette, Alejandro déclara :

— Rassurez-vous, il s'agit de fromage de brebis. C'est bien plus doux.

Comment aurait-il eu conscience qu'exprimer ses préférences était tout nouveau pour Emily ?

Décidément, songea-t-elle, tout ce qui relevait de la plus complète banalité prenait ce soir un tour inédit !

— Je n'avais pas eu le temps de prendre un petit déjeuner, et lorsque le chariot est arrivé à ma hauteur, il n'y avait plus grand-chose.

Alejandro haussa un sourcil.

— Le chariot ? fit-il.

— Dans l'avion, précisa-t-elle. Il n'y avait plus le moindre sandwich.

— Oh !

C'était certainement le genre de problème auquel Alejandro n'avait jamais été confronté. Il ne devait jamais se déplacer autrement qu'en jet privé ou en première classe. Ne sachant manifestement pas quoi ajouter, il changea de sujet.

— Si j'ai bien compris, vous débutez tout juste dans votre activité, c'est cela ? questionna-t-il.

— Oui. J'ai toujours fait de la photo, et à la fac j'ai suivi un module sur la conception de sites web. Mais…

Emily esquissa une petite grimace, avant d'ajouter :

— Je ne suis pas allée au bout du cursus.

— Pas de souci, Emily. Ce que nous recherchons, c'est quelqu'un qui saura porter un nouveau regard sur notre production. Sophia nous a présenté votre travail. J'ai été impressionné par la façon dont vous êtes parvenue à donner une allure pittoresque à ce cottage plutôt miteux.

Un peu hérissée d'entendre Alejandro Romero décrier ainsi la maison d'hôtes de Gordon, Emily chercha ce qu'elle pouvait bien rétorquer.

— C'était là que je vivais, dit-elle d'un ton pincé.

— Ce n'est plus le cas ? interrogea Alejandro sans même avoir l'air de se rendre compte qu'il l'avait heurtée.

Peut-être sa maîtrise de l'anglais était-elle insuffisante pour qu'il prenne toute la mesure du terme « miteux » ? se dit Emily, prête à lui accorder le bénéfice du doute.

— En effet, répondit-elle avec un sourire crispé.

Pour la première fois depuis qu'elle était assise en face d'Alejandro, la conversation marqua une pause. D'un regard à la ronde, Emily nota que la *taberna* était en train de se vider.

Peut-être fit-il le même constat, car il annonça :

— Je pense que je vais y aller.

— Moi aussi, renchérit Emily.

Faisant signe à une serveuse, elle demanda, dans un espagnol maladroit, combien elle devait pour ses consommations.

— Inutile, fit Alejandro. C'est réglé. Vous pourrez dîner ici chaque fois qu'il vous plaira.

— Merci beaucoup !

Ce fut seulement en se levant qu'Emily fut un peu mal à l'aise, à l'idée qu'ils allaient sortir ensemble. Passant la bandoulière de son appareil-photo sur son épaule, elle ramassa son sac à main, et se dirigea vers la sortie. À son grand soulagement, Alejandro fut arrêté par un couple souhaitant lui parler, avant qu'ils n'atteignent la porte.

Quittant la *taberna*, elle traversa la cour. En arrivant, elle avait été bien trop nerveuse pour prêter attention à la beauté du lieu. De l'autre côté des chais, une rangée d'orangers couverts de fruits, et décorés de guirlandes lumineuses, dégageaient un parfum délicat. Le sol était recouvert d'une couche de sable fin qui étouffait le bruit de ses pas. Le tout était imprégné d'un charme à la fois élégant et bucolique.

Approchant du portail cintré ouvrant sur l'escalier conduisant à son appartement, Emily trouva celui-ci verrouillé.

— Zut ! marmonna-t-elle.

Fallait-il qu'elle soit stupide pour se retrouver à la porte de chez elle le premier soir !

Mais à peine avait-elle fait volte-face, pour aller chercher de l'aide à la *taberna*, qu'elle fut rattrapée par Alejandro.

— Un instant, fit-il.

Il rentra un code sur le boîtier fixé sur le portail, et celui-ci s'ouvrit aussitôt.

Tout en lui faisant signe de le suivre sous le porche, Alejandro se tourna vers Emily. Lorsqu'il ouvrit la bouche dans l'intention manifeste de lui communiquer les chiffres, elle l'interrompit en levant une paume.

— Inutile, objecta-t-elle, je n'ai aucune mémoire des chiffres. Je ne les retiendrai pas.

— Mais il n'y en a que quatre.

Ils s'engagèrent dans l'escalier aux marches dallées de ravissantes mosaïques, menant à un autre portail voûté où leurs chemins se sépareraient.

Pour la première fois, Emily remarqua le parfum d'Alejandro. Une senteur fabuleuse évoquant un luxe raffiné. La fragrance la plus divine au monde ! songea-t-elle.

Quelque chose de musqué sans être entêtant, teinté d'une pointe citronnée dont elle n'aurait pu situer exactement l'origine.

De façon irrésistible, il émanait d'Alejandro une impression de fraîcheur qui fit prendre conscience à Emily qu'elle-même devait sembler bien fatiguée, après s'être levée à 5 heures du matin pour un si long voyage.

Comment était-il possible qu'à minuit passé cet homme donne l'impression de se préparer à partir au bureau, plutôt qu'à se mettre au lit ? Si ce n'était la légère marque de rouge à lèvres, encore visible au coin de sa bouche. Et l'ombre de barbe de plus en plus visible à son menton...

Seigneur ! C'était un incroyable mélange entre un bandit de grand chemin et l'homme le plus raffiné qu'Emily n'ait jamais rencontré. Et il était si incroyablement sexy !

De plus, elle trouvait étonnamment agréable de rester plantée à côté de cette haute silhouette – à bien y réfléchir, il était plus grand qu'elle ne l'avait noté de prime abord –, à bavarder de tout et de rien, par cette première soirée de sa nouvelle vie.

Mais n'était-il pas grand temps qu'elle extirpe l'énorme clé de son trop petit sac à main, pour aller reposer ses pieds fatigués et probablement gonflés ?

Sauf qu'elle prenait un réel plaisir à s'entretenir avec Alejandro. Et lui-même ne semblait pas pressé de la quitter... Emily s'arracha à ses réflexions pour l'entendre conseiller :

— À l'avenir, passez donc par cette entrée. Il suffit que vous reteniez le code. Vous croyez que vous en êtes capable ?

— Après avoir consommé de votre délicieux oloroso ?

En réalité, Emily savait fort bien que ce n'était pas à la boisson qu'elle devait de se sentir étourdie – vérité qu'elle préférait taire.

Jamais, de toute sa vie, elle n'avait éprouvé attirance aussi intense pour un représentant du sexe opposé – une émotion qui ne pouvait en aucun cas être réciproque, elle en était certaine.

— Allez, faites un effort, insista Alejandro.

— Quatre... ? avança Emily en grimaçant.

— Faux !

À voir le regard grave penché sur elle, Emily songea que si son interlocuteur avait été médecin elle aurait redouté son verdict. Cependant, un léger sourire retroussait le coin de ses lèvres sensuelles. Des lèvres qui lui ordonnaient :

— Allons, réfléchissez !

— Cinq..., hasarda-t-elle.

Alejandro éclata de rire.

— Seigneur ! s'exclama-t-il. Vous n'avez vraiment aucune mémoire à court terme !

— Pas quand...

Mieux valait ne pas en dire plus, résolut Emily en s'interrompant brutalement.

Comment avouer que son manque de concentration était uniquement dû à la griserie provoquée en elle par les effluves montant à ses narines ? Ou au fait qu'elle ne pouvait penser à autre chose qu'à empêcher ses mains de... ?

De quoi, au juste ?

C'était une question qu'elle refusait de seulement se poser, quand Alejandro Romero était ainsi planté devant elle.

Pour l'instant, il semblait toujours aussi peu pressé de la quitter. Nonchalamment appuyé aux grilles en fer forgé, il reprit leur bavardage :

— Vous savez que si vous voulez prendre des cours de flamenco, Eva est une excellente formatrice.

Emily éclata de rire.

— Moi, apprendre à danser le flamenco ? s'exclama-t-elle. J'en serais bien incapable !

À voir le sérieux d'Alejandro, elle comprit qu'il ne plaisantait pas en faisant cette suggestion. Mais aussi, se dit-elle, il n'avait pas encore eu le temps de se rendre compte de son indécrottable gaucherie.

— Qui sait si vous n'aimeriez pas cela ? De plus...

Alejandro se tut avant d'ajouter qu'il apprécierait beaucoup qu'Emily suive les cours d'Eva. Il ne doutait pas de prendre un réel plaisir à contempler ce corps aux courbes sensuelles onduler au son des guitares...

La situation à laquelle il se trouvait confronté était des plus inhabituelles. Certes, il n'était pas rare qu'il gravisse cet escalier en compagnie d'une jolie femme rencontrée à la *taberna*. Sauf que cette fois celle-ci tournerait à gauche, en haut des marches, tandis que lui-même se dirigerait vers la droite pour franchir la porte de ses appartements. Seul !

— De plus... ? le relança Emily.

Le regard bleu le dévisageait, sans qu'Alejandro ne parvienne à déceler ce qui s'y cachait. Il en était passablement déstabilisé. La tension, entre eux, était quasi palpable. D'ailleurs, lorsqu'il avait compris que cela n'échappait ni aux serveurs, ni aux clients, il avait préféré mettre un terme à leur échange. En public, tout au moins.

Désormais, ils étaient en tête à tête. Cependant, Emily demeurait une énigme. Il sentait, en elle, un mélange de hardiesse et de réserve. Comme si elle ne savait pas comment conclure la soirée.

Habituellement, un baiser aurait été le minimum. Le plus souvent, dans le cas d'une attirance aussi flagrante, ils auraient déjà été en train de s'arracher mutuellement leurs vêtements.

Sauf qu'Emily allait travailler pour lui, et cela risquait de compliquer les choses. Aussi Alejandro préféra-t-il taire ce qu'il avait failli dire, pour choisir l'option la plus raisonnable.

— Cela pourrait vous aider à mieux percevoir l'atmosphère locale, dit-il. Par ici, le flamenco est un véritable art de vivre.

— Alors, j'y réfléchirai.

Elle lui sourit, avant d'ajouter :

— Bonne nuit. Ou plutôt, *buenas noches*.

— Bonne nuit, Emily, répondit Alejandro en anglais.

Emily le vit pousser la lourde porte menant à ce qu'elle supposait être ses appartements privés, puis fit face à celle de son logis temporaire – certainement bien plus modeste. Dans son dos, la voix chaude et grave lança :

— *Que tengas dulces sueños.*

Les mains tremblantes, Emily tourna la clé dans la serrure.

Lorsqu'elle referma derrière elle, ce ne fut pas tant avec un sentiment de soulagement qu'avec la certitude d'avoir accompli un exploit. Il s'en était fallu de peu pour qu'elle devienne l'archétype de la jeune Anglaise se comportant épouvantablement mal en terre étrangère.

Pourtant, Alejandro n'avait pas eu le moindre geste inconvenant. Pas la moindre parole déplacée. Il s'était montré parfaitement poli et aimable.

Ce qui n'avait pas empêché qu'Emily sente émaner de lui quelque chose de terriblement sensuel. Quelque chose qu'elle n'avait jamais perçu chez quiconque, ni éprouvé elle-même.

Se débarrasser de ses chaussures ne lui offrit pas le soulagement espéré. Et lorsqu'elle retira son soutien-gorge, ce fut sans l'habituel soupir de délectation. Ses seins continuaient à lui procurer la même impression de tension douloureuse qu'en étant enfermés dans leur carcan de dentelle. Quant à sa culotte, elle était marquée d'une surprenante moiteur.

Jamais Emily n'avait eu à ce point conscience de son corps.

Dans la salle de bains au carrelage immaculé, elle s'empressa de se glisser sous le jet bienfaisant de la large pomme de douche. Puis, une fois qu'elle se fut enveloppée dans un drap de bain moelleux à souhait, elle gagna l'immense lit, en s'efforçant d'ignorer les frissons parcourant tout son corps. Les draps blancs étaient si soigneusement tendus et bordés qu'elle eut du mal à écarter celui de dessus.

Les fenêtres étaient restées ouvertes et Emily se releva pour les fermer. Dans son sac, elle prit le morceau de résine récupéré plus tôt sur la bouteille. Elle le posa sur la table de chevet pour en contempler les reflets ambrés sous la lampe, tandis qu'elle était étendue, nue, entre les draps frais – ce qui ne lui était jamais arrivé jusqu'à ce jour.

Laisse-moi sortir, semblait réclamer la petite aile de papillon.

Pas encore, répondit Emily en pensée.

Car elle n'avait programmé que pour dans six semaines ses vacances romantiques, en compagnie d'un partenaire qu'il lui restait encore à trouver – et dont elle doutait qu'il puisse être aussi séduisant qu'Alejandro Romero.

Celui-ci avait certainement juste cherché à se montrer poli avec une nouvelle venue, songea-t-elle. Cette idée fit venir les larmes aux yeux d'Emily, et elle s'en affligea. N'était-il pas pathétique qu'à vingt-six ans elle ait l'impression d'avoir vécu la plus belle soirée de sa vie, sans qu'un baiser ou une caresse n'aient été échangés entre elle et le bel hidalgo ?

Les mots sur lesquels il l'avait quittée lui revinrent :

« *Que tengas dulces sueños.* (Faites de doux rêves.) »

Pourvu qu'il n'en soit rien !

4

Emily constata qu'elle avait retrouvé ses esprits à peine eût-elle ouvert les yeux.

Son bon sens habituel avait repris le dessus sur toutes les chimères de la veille. Elle n'en doutait plus : son nouveau patron avait simplement déployé des trésors de politesse et d'affabilité à son égard. Rien de plus !

Choisissant un corsage gris pâle et un pantalon noir – un peu trop moulant, peut-être, se dit-elle –, Emily noua ses cheveux en queue-de-cheval. Ensuite, elle enfila de confortables chaussures plates, attrapa au vol son appareil-photo, et quitta l'appartement.

Il était tôt, mais elle tenait à s'imprégner de l'atmosphère de la bodega tant que le calme y régnait encore.

Seigneur, c'était magnifique ! s'extasia-t-elle en se plantant au milieu de la cour pour prendre quelques photos. Sur l'un des côtés, une rangée d'arcades laissait apparaître un empilement régulier de tonneaux. La lumière était parfaite. Aussi Emily prit-elle quelques clichés supplémentaires.

Ce fut alors qu'elle le vit.

Alejandro.

Penché entre deux tonneaux, au centre d'une arche.

Elle ne put s'empêcher de le mitrailler. Le bruit produit par le déclenchement des prises de vue attira son attention.

— Salut ! fit-il en se redressant.

— Désolée, répliqua Emily, je faisais juste…

Embarrassée, elle s'interrompit, avec l'impression d'avoir été surprise en flagrant délit de voyeurisme.

— Je prenais seulement quelques instantanés, ajouta-t-elle.

— Ne vous excusez pas. Je me réjouis que vous soyez déjà au travail. Nous tenons à ce que le site soit opérationnel au plus vite.

— Alors, c'est ici que le vin est conservé ? s'enquit Emily.

— Oui, répondit Alejandro. C'est dans ces chais qu'on procède à son vieillissement, en faisant tourner les fûts.

— C'est ce que vous étiez en train de faire ?

Alejandro éclata de rire.

— Qu'est-ce que j'ai dit de si drôle ? interrogea Emily.

— Rien. C'est juste que j'étais occupé à tout autre chose. Je cherchais une boucle d'oreille.

— Oh !

Un instant, Emily fut traversée par l'envie d'être celle pour laquelle il se mettait ainsi en peine.

Ridicule ! se morigéna-t-elle *in petto*.

— *Hola !*

Faisant volte-face, elle vit s'avancer Sophia, vêtue de blanc des pieds à la tête. Elle avait beau être terriblement enceinte, elle n'en était pas moins très élégante. En comparaison, Emily se jugea mal fagotée et affreusement terne.

— Je suis vraiment désolée pour hier, déclara Sophia. Mes chevilles…

Elle s'interrompit pour se tourner vers Alejandro.

— Je ne pensais pas vous trouver là, s'étonna-t-elle. J'avais prévu de faire visiter les caves à Emily. J'ignorais que vous souhaitiez vous en charger.

De nouveau, elle fit face à Emily.

— On m'a ordonné le repos, dit-elle. Alors, tu ne me verras qu'aujourd'hui. C'est mon deuxième, et il a l'air un peu pressé d'arriver. Les médecins recommandent que…

— Si vous devez parler enfants, la coupa Alejandro, je vous laisse toutes les deux. Mais tout d'abord, Sophia, pourrez-vous

vous assurer qu'Emily dispose d'un ordinateur et d'un téléphone portables ?

— J'ai les miens, s'interposa Emily.

— Certes, mais pas pour ce qui concernera votre travail ici… Sophia, je compte sur vous pour équiper Emily.

— Bien sûr, je vais tout de suite chercher le matériel.

Se tournant vers Emily, elle ajouta :

— Si tu veux, nous pourrons déjeuner ensemble.

— Avec plaisir !

Sophia disparut aussitôt, faisant claquer des talons qui constituaient un véritable défi à l'avancement de sa grossesse. Emily demeura seule avec Alejandro, lequel semblait avoir oublié sa résolution de s'éclipser.

— Comment vous sentez-vous, ce matin ? questionna-t-il.

— Très bien, je vous remercie, répondit Emily. J'ai supporté la dégustation d'hier soir sans problème.

— C'est parfait, alors !

Il ne demeurait plus rien de l'aisance de leurs échanges de la veille. Aussi Emily en conclut-elle s'être bel et bien fait des idées. Comment avait-elle pu se monter aussi vite la tête, face au premier hidalgo lui témoignant de l'intérêt ? se désola-t-elle en son for intérieur. Comme une adolescente émoustillée !

À vrai dire, il lui était déjà arrivé de sentir qu'elle ne laissait pas indifférents certains clients de la maison d'hôtes. Et à la fac elle s'était fait draguer par quelques garçons…

Non, ce qui était déconcertant, c'était la façon dont elle réagissait en présence d'Alejandro.

Ne sachant trop que dire, elle laissa son regard errer à la ronde. Un scintillement, entre deux tonneaux, retint son attention.

— La voilà, fit-elle. La boucle d'oreille.

Emily s'accroupit pour la ramasser, soulagée d'avoir quelque chose à faire, plutôt que de demeurer plantée avec un air gauche – quand bien même elle avait conscience de ne pas se présenter sous son meilleur angle, fesses en arrière, étirant le bras entre les fûts.

— Ça y est, je l'ai..., souffla-t-elle.

Alejandro lui tendit une main pour l'aider à se relever, mais elle préféra prendre appui sur l'une des barriques. Un instant, elle examina le magnifique pendant d'oreille en diamants, puis le laissa tomber dans la paume ouverte devant elle, prenant bien garde d'éviter tout contact.

— Merci, lâcha Alejandro avant de l'empocher.

Il avait dit cela d'une voix rauque, et il s'éclaircit la gorge tout en soutenant son regard.

— Qu'est-ce que nous allons faire, Emily ? demanda-t-il.

— Je ne sais pas, murmura-t-elle.

Le sens de cette question était sans équivoque.

Il était à peine 7 heures du matin, et Emily était dans le même état d'excitation que la veille, taraudée par le désir qui l'avait tenue éveillée une partie de la nuit. Sauf que la situation présentait une différence notable avec la soirée précédente : cette fois, elle ne doutait pas que cet émoi soit partagé.

— Viens ici, souffla Alejandro.

Elle fit un pas vers lui, et son divin parfum la submergea, lui faisant oublier toutes ses réticences.

— J'aurais dû t'embrasser, hier soir, murmura Alejandro. Mais je n'étais pas certain que tu en aies envie.

C'était quelque chose de tout à fait inhabituel pour Alejandro. En dépit du tourbillon de sensualité qui les avait clairement enveloppés, il avait été déconcerté par le regard fuyant et plein d'appréhension de la jeune femme.

Pouvait-elle redouter quelque chose d'aussi délicieux qu'un baiser ?

Un rayon de soleil vint traverser la plus proche fenêtre, éclairant le visage levé vers lui.

— Tu es ravissante ! souffla-t-il.

— Ne dis pas de bêtise ! rétorqua Emily.

— Pourquoi ne me crois-tu pas ? Je suis tout à fait sincère.

Comment Emily aurait-elle été capable de recevoir un tel compliment ? Cela ne lui était jamais arrivé.

— Tu es très belle, redit Alejandro.

— Merci, fit-elle en sentant ses joues s'empourprer.

Elle marqua une pause, avant d'ajouter :

— C'est *toi* qui es très beau.

— À mon tour de te remercier, répondit Alejandro en souriant. Mais que les choses soient bien claires. Je n'ai jamais de liaison avec une femme faisant partie de l'entreprise.

— Menteur…, murmura Emily dans un sourire.

— Non, c'est vrai !

Alejandro secouait la tête avec véhémence, mais il dut réexaminer cette affirmation à l'aune de quelque souvenir, car il corrigea :

— Bon, d'accord, il y a eu quelque chose entre Sophia et moi. Mais c'était il y a très longtemps, avant qu'elle ne travaille pour nous.

Oh ! Seigneur, il avait une telle expérience en amour ! se désola Emily en son for intérieur.

— Peut-être que ce soir, reprit Alejandro, nous pourrions…

N'y tenant plus, Emily ne le laissa pas en dire davantage. Elle se hissa sur la pointe des pieds, et posa ses lèvres sur celles d'Alejandro. Juste une seconde. Pour seulement les goûter.

— Hé ! lança-t-il, en se reculant.

Mortifiée, Emily se reprocha son audace, persuadée de s'être à nouveau méprise. Elle s'apprêtait à faire volte-face pour s'enfuir, lorsqu'elle sentit les mains d'Alejandro sur ses hanches et vit qu'il lui souriait.

— J'allais dire, reprit-il, que ce soir nous pourrions peut-être nous retrouver pour tirer les choses au clair entre nous.

De toute évidence, songea Emily, il ne lui en voulait pas de son initiative, car il pointait la langue entre ses lèvres pour la passer sur l'endroit où elle avait posé les siennes.

— Quoi qu'il en soit, enchaîna-t-il, je ne peux pas te laisser partir après ça…

Il inclina la tête et ses lèvres se soudèrent à celles d'Emily, puis sa langue s'insinua entre elles.

C'était un baiser comme elle avait toujours espéré qu'il en existe. Un baiser si profond qu'Emily ne put s'empêcher de gémir dans la bouche d'Alejandro. Un baiser qui lui donna l'impression que le soleil s'éclipsait et le sol se dérobait sous ses pieds – comme si elle flottait dans les airs.

C'était exactement ce que devait être un baiser ! Enfin, elle découvrait ce que signifiait désirer et être désirée en retour.

Les grandes mains d'Alejandro enserraient son postérieur, et Emily percevait la chaleur de ses paumes à travers l'étoffe de son pantalon. Et lorsqu'il l'étreignit étroitement, ce fut un instant décisif. Car elle découvrit la puissance du long sexe en érection contre son ventre, et cela lui parut à la fois délicieusement impudique et formidablement tentant.

La bouche d'Alejandro glissa vers son cou, tandis qu'il passait les mains sous son corsage. Haletante, au bord du vertige, Emily en oublia de rentrer le ventre. Les longs doigts remontèrent jusqu'au bord de son soutien-gorge, faisant naître une myriade de frissons sur son épiderme.

— J'adore tes seins, murmura Alejandro dans son cou. J'ai bien l'intention de m'en occuper comme ils le méritent.

C'étaient des paroles qu'Emily goûtait avec ravissement. N'étaient-elles pas la promesse d'autres délices à venir ?

À travers le carcan de dentelle, il titilla ses tétons du pouce, tandis que ses lèvres se faisaient plus caressantes.

Mais un bruit de pas les obligea à s'écarter l'un de l'autre, ce qu'Emily détesta. Elle remit de l'ordre dans sa tenue, en continuant à savourer ce qui avait été son premier vrai baiser.

Heureusement que le self-control d'Alejandro avait été suffisant pour qu'ils n'aillent pas plus loin. Il s'en était fallu de peu !

— Vous êtes toujours là ? s'étonna Sophia en découvrant la présence de son patron.

Elle se tourna et ouvrit des yeux ronds. Abaissant le regard sur ses vêtements, Emily comprit pourquoi : il y avait sur ses genoux un peu de la sciure répandue au sol.

— Emily vient de retrouver la boucle d'oreille de Mariana..., expliqua Alejandro.

— *Oh !* lâcha Sophia, avant d'éclater de rire.

Avait-elle imaginé, un instant, sa très craintive camarade d'études à genoux devant Alejandro ? En tout cas, elle semblait trouver cette image hilarante.

— C'est une bonne nouvelle ! reprit-elle. Mariana vient de m'envoyer un SMS en insistant pour qu'on la retrouve.

— Assurez-vous de la lui faire parvenir au plus vite, observa Alejandro.

Il tendit le bijou à Sophia, qui le gratifia d'un sourire en coin et ajouta dans leur langue :

— Votre fiancée est très exigeante, Alejandro.

Malgré sa piètre maîtrise de l'espagnol, Emily avait compris. Ainsi, Alejandro était *fiancé* !

La tête lui tournait encore du baiser qu'ils avaient échangé, et cette découverte la consterna. Elle prit bien garde à ce que cela ne se voit pas sur son visage.

— Est-ce que tu es prête à m'accompagner pour le petit déjeuner ? questionna Sophia.

— Tout à fait, répondit Emily en évitant le regard d'Alejandro.

Avant que celui-ci ne tourne les talons, Sophia lui indiqua qu'elle prévoyait d'emmener Emily dans les vignes, l'après-midi même.

— Je m'en chargerai, rétorqua Alejandro. Vous en avez fait assez pour aujourd'hui. Reposez-vous !

Elles allèrent s'installer à une table au milieu de la cour. L'air était embaumé du parfum des orangers, mais Emily était trop bouleversée pour apprécier le charme du lieu.

Ce fut avec les plus grandes difficultés qu'elle se concentra sur les explications de Sophia lui présentant le téléphone et l'ordinateur portables sur lesquels elle allait travailler.

On leur apporta le chocolat chaud et les beignets – les fameux *churros* – qu'elles avaient commandés, et Emily se réjouit que la boisson, épaisse et sucrée, lui apporte le réconfort dont elle avait tant besoin.

Car elle était en état de choc. Moins d'avoir appris qu'Alejandro était fiancé que d'avoir pris conscience de sa propre inconséquence.

On venait de lui offrir la chance de sa vie, et elle se jetait au cou de son employeur sans plus réfléchir. D'accord, elle espérait profiter de son séjour en Espagne pour s'autoriser une aventure, mais ce serait à la fin de ses six semaines d'embauche, pas au lendemain même de son arrivée !

Néanmoins, elle ne parvenait pas à regretter ce qu'il venait de se passer. Quand bien même cela n'aurait pas dû arriver, et ne se reproduirait plus, Emily avait l'impression d'avoir entrevu le paradis.

— Que penses-tu de ton logement ? questionna Sophia en se resservant du chocolat.

— Il est parfait ! Comme tu m'avais dit que c'était celui de la gouvernante, j'avais craint de devoir le partager avec elle...

— Oh ! non ! En réalité, l'endroit est toujours inoccupé. Habituellement, Alejandro préfère que le personnel ne soit pas logé sur place. Pour préserver son intimité.

Elle dut se rendre compte de la perplexité d'Emily, car elle ajouta :

— Il a de nombreuses aventures, et il préfère que ce soit à l'abri des regards...

— Je croyais avoir compris qu'il était fiancé, observa Emily en faisant son possible pour avoir l'air décontractée.

— Pas officiellement, rétorqua Sophia. C'est une relation épisodique. Alejandro mène sa barque à sa guise, tandis que Mariana l'attend impatiemment sur le rivage. Ou plutôt, devrais-je dire, elle plane au-dessus de tout ça, tel un vautour, prête à le récupérer à chaque fois qu'une histoire tourne mal... Mais pour que tu comprennes, regarde.

Sophia fit apparaître une carte des vignobles sur l'écran du portable, et le tourna pour qu'Emily puisse voir distinctement.

— Les Romero sont en possession de tout cela, dit-elle en

décrivant un cercle du bout du doigt. Mais ils convoitent *cette* parcelle qui appartient à la famille de Mariana. Lorsque Alejandro l'épousera, les deux bodegas seront enfin réunies.

Le cœur gros, Emily se risqua à un très fragile espoir.

— *S'ils* se marient, fit-elle en appuyant sur le *si*.

— Oh ! à n'en pas douter, affirma Sophia avec un air de certitude qui fit pincer les lèvres à Emily. Les deux familles en rêvent. Et, franchement, Mariana est la seule femme capable de supporter l'un des frères Romero.

— Je vois...

— Est-ce que tu as réussi à glaner quelques informations utiles pour le site ?

— Pas encore. Les recherches que j'ai faites sur Internet font systématiquement apparaître une danseuse de flamenco du nom de Maria de Luca...

— C'est leur mère. Elle a quitté le foyer juste après la naissance de Carmen, la dernière de la fratrie. Depuis quelque temps, elle revient rendre visite à son ex-mari. José est gravement malade. Aussi, on peut imaginer qu'elle veut avoir sa place sur le testament. Et surtout être certaine que son image continue à apparaître sur l'étiquette des bouteilles.

— C'est *elle,* la danseuse sur les étiquettes ?

Comment était-il possible qu'Alejandro n'ait pas mentionné ce fait ? s'étonna Emily *in petto*.

Sophia opina de la tête.

— *Sí*, répondit-elle. Maria mène une carrière internationale. Elle est célèbre dans le monde entier. Mais tu ne la verras pas ici. Elle y est *persona non grata*. Je te dis ça pour que tu ne fasses pas l'erreur de la mentionner sur le site. Ce ne serait pas très apprécié.

— Merci de me mettre au courant, répliqua Emily.

Si la superbe femme sur les bouteilles était une sorte de légende, il y avait fort à parier qu'elle aurait commis l'erreur involontaire de parler d'elle, songea Emily.

— L'an passé, reprit Sophia, il a été question de changer l'image de marque des xérès Romero. José tenait à effacer toute trace de Maria. Carmen et Sebastián approuvaient.

— Et Alejandro ?

— Il était partisan de conserver l'image de sa mère. Mais il a été mis en minorité. Ensuite, José est tombé malade, et a brusquement changé d'avis. Carmen et Sebastián continuent à prêcher pour l'adoption d'un nouveau logo. Sauf que, désormais, la décision revient à Alejandro. S'il se range aux côtés de son père, il peut faire pencher la balance...

— Alors, je ne dois faire aucune référence à Maria ?

Emily fronça les sourcils, car cela lui paraissait difficile. Comment passer sous silence quelque chose d'aussi important dans l'histoire de l'empire Romero ?

— Vraiment, je ne sais pas quoi te dire, répondit Sophia en haussant les épaules. Si l'arbitrage revenait à Sebastián, toutes les étiquettes où figure sa mère seraient impitoyablement arrachées. Alors, je peux juste te conseiller d'agir avec précaution.

— Merci pour ces tuyaux, déclara Emily.

— Je ne me fais pas de souci pour toi. Tu vas t'en sortir. C'est surtout à Alejandro que tu auras affaire, et il n'est pas du genre à laisser ses émotions prendre le dessus...

— C'est une bonne chose.

— Il est entendu que tu rédigeras tes textes en anglais. La traduction sera faite ultérieurement. Si Sebastián emporte le marché qu'il va négocier à New York, il insistera certainement pour que le site soit prêt au plus tôt. Mais Alejandro préfère que tu prennes ton temps.

— Et qu'en est-il de leur sœur ?

— Carmen ne s'intéresse pratiquement pas aux destinées de l'entreprise. Elle passe le plus clair de son temps dans les écuries familiales.

Ce fut une matinée particulièrement bien remplie pour Emily. On lui fit visiter le département informatique où elle fut présentée aux employés avec lesquels elle travaillerait – tous maîtrisaient correctement sa langue, se réjouit-elle.

Elle découvrit également que la règle était de prendre un second petit déjeuner – *un second petit déjeuner !* – dans la mesure où le déjeuner proprement dit n'avait lieu que vers 3 heures de l'après-midi. Et aussi, qu'il n'était pas rare que la journée de travail se prolonge jusqu'à 20 heures.

— Tu n'auras pas trop de tout ce temps, observa Sophia. L'autre cabinet de création de sites web contacté n'a présenté aucune idée originale. Rien que de très sérieux, pour ne pas dire ennuyeux…

Elle marqua une pause et un sourire flotta sur ses lèvres. Puis, elle ajouta :

— Ce que les frères Romero ne sont en aucune manière.

Emily faillit déclarer qu'elle s'en était déjà rendu compte par elle-même – du moins pour ce qui concernait l'un d'entre eux.

— Leurs bureaux sont au dernier étage, ajouta son amie alors qu'elles se trouvaient au pied d'un imposant escalier. Mais je ne suis pas en état de gravir quatre étages à pied, vu qu'il n'y a pas d'ascenseur. De toute façon, tu n'auras pas besoin de t'y rendre. Toutes les réunions se tiennent dans la cour, ou en visioconférence. Sebastián réside souvent à Madrid. Quant à Alejandro, il circule à droite à gauche – avec de fréquents séjours à Séville. Mais le voilà !

En effet, la veste négligemment jetée sur l'épaule, il descendait les marches, l'air pensif.

— Je peux tout à fait emmener Emily dans les vignes, déclara Sophia en espagnol.

— Pas de souci, je vais m'en charger, répliqua Alejandro. Je vous remercie d'être venue ce matin, Sophia, mais je prends le relais. Vous êtes prête, Emily ?

Elle opina d'un signe de tête.

Ce qu'Alejandro se dispensa d'ajouter, c'était qu'il tenait

particulièrement à lui servir de guide. Il s'était attentivement penché sur le site qu'Emily avait réalisé pour cette maison d'hôtes en Angleterre, ce qui l'avait conduit à certaines découvertes.

Du coup, il jugeait que la jeune Anglaise lui devait quelques explications !

5

— Sophia, pouvez-vous dire à Jorge d'amener ma voiture à l'entrée de la bodega ? demanda Alejandro.

Une fois que le chauffeur eut déposé le matériel d'Emily dans le coffre, elle s'installa à la place du passager. C'était une voiture de sport, assez basse, et elle se félicita d'avoir enfilé un pantalon confortable.

En silence, Alejandro guidait habilement le véhicule dans le flot de la circulation. Ce fut seulement lorsqu'ils eurent quitté la ville qu'il jeta un coup d'œil vers elle.

— C'est à cela que vous ressemblez quand vous boudez ? questionna-t-il, revenant à un vouvoiement formel.

Emily se dispensa de répondre. Abaissant le pare-soleil, elle observa sa pâleur et son visage grave dans le petit miroir.

— C'est à cela que je ressemble la plupart du temps, finit-elle par répliquer.

Pendant quelques minutes, elle s'absorba dans la contemplation du paysage, avant d'ajouter :

— Je n'aurais jamais accepté ce baiser si je vous avais su fiancé.

Alejandro risqua un regard en direction d'Emily, mais elle tournait la tête vers la vitre.

— Je n'en doute pas, dit-il.

La voiture filait à travers les vignes, et il se dispensa d'indiquer les parcelles de sa famille, ou d'expliquer quels étaient les divers cépages.

Contrairement à son habitude, il ne savait que dire.

— Emily..., finit-il par risquer.

— Oui ? fit-elle sans même tourner la tête.

Le silence se prolongea encore quelques instants, puis Alejandro se rangea sur le bas-côté.

— Emily ! redit-il plus fermement.

Cette fois, elle lui fit face. Dans les yeux bleus, il vit briller des larmes. Cela toucha Alejandro bien plus qu'il ne s'y attendait. C'était particulièrement émouvant de voir cette adorable jeune femme – à la fois drôle, timide et gauche – être à ce point bouleversée de s'être laissé embrasser par un homme fiancé à une autre. Et il ne pouvait lui en vouloir. Cependant, cela ne le dispensait pas de la taquiner un peu.

— C'était juste un baiser, en passant, dit-il.

— Qui n'aurait jamais dû exister !

À l'entendre, on aurait pu croire qu'ils avaient partagé une nuit torride, plutôt qu'un simple baiser. Mais cette réaction était attendrissante, et voyant Emily ouvrir la portière, Alejandro comprit qu'il ferait mieux de ne pas la tourmenter.

— Je plaisantais, dit-il en l'attrapant par le bras.

Elle se rassit, refermant la portière.

— Je ne suis pas très doué pour ça, ajouta-t-il.

Un instant, il l'observa. Elle était écarlate.

— C'était un baiser délicieux, reprit-il. Et vous n'avez pas à vous sentir coupable de quoi que ce soit.

Une nouvelle fois, Alejandro marqua une pause, avant de questionner :

— Si je vous confie quelque chose, puis-je être certain que ça restera entre nous ?

Que dire ? se demanda Emily. N'était-ce pas un peu tôt pour partager des secrets ? Mais il lui suffit de plonger son regard dans les prunelles sombres pour se rendre compte qu'Alejandro était presque aussi désorienté qu'elle-même.

Ce qui la décida à opiner d'un signe de tête.

— À vrai dire, lâcha-t-il, j'ai rompu avec Mariana à Noël.

— Allons, soyez honnête, l'interrompit Emily.

Levant une main vers le menton rasé de près, elle posa un doigt à l'endroit où elle avait vu la trace de rouge à lèvres, la veille, s'étonnant elle-même d'une audace dont elle ne se serait pas crue capable.

— Donc, ce n'était pas le rouge à lèvres de Mariana, au coin de vos lèvres, hier soir ? reprit-elle.

— Si ! Mais cela faisait six semaines que je faisais comme si de rien n'était. Parce que juste après Noël nous avons découvert que mon père était gravement malade. Il tient à ce que j'épouse Mariana tant qu'il est encore en vie. Sauf que je n'en pouvais plus de jouer la comédie.

— Pourtant, vous aviez accepté cette relation, non ?

— Je n'en ai pas eu besoin. Ce lien existait depuis ma naissance, pour ainsi dire. La famille de Mariana possède quelques arpents de vignes que les Romero ont toujours convoités. Mon père et celui de Mariana se sont mis d'accord depuis longtemps pour que nos deux bodegas finissent par fusionner, un jour. Ni elle ni moi n'avons eu notre mot à dire. Mais je ne veux pas me marier. Je suis même incapable de rester très longtemps en couple avec la même femme...

— C'est ce que semblent dire les gazettes.

— Si vous cherchez une relation à long terme, Emily, sachez que je ne serai jamais votre homme !

Si elle voulait de la sincérité, songea Emily, eh bien, elle était servie !

Alejandro remit le moteur en marche.

— Et qu'en est-il de *votre* fiancé ? questionna-t-il.

— Touché ! répliqua Emily avec un sourire crispé. Comment êtes-vous au courant de l'existence de Gordon ?

— J'ai cherché votre nom sur Internet.

Tard dans la nuit – ou plutôt, à l'aube –, Alejandro avait cédé à la curiosité. Ce qui lui arrivait rarement lorsqu'il rencontrait une femme.

Sur le site présentant le charmant cottage – entreprise familiale –, il avait vu le jeune couple souriant pour les photos. Mais il n'avait pas manqué de remarquer que l'homme ne semblait pas très à l'aise en passant le bras autour de la taille d'Emily, ni l'expression un peu crispée qu'elle affichait...

Il avait aussi découvert que son épouvantable coupe de cheveux n'était pas due à un accident, mais faisait partie intégrante de son apparence.

— Nous avons rompu il y a trois mois, finit par confier Emily.

— Vous étiez propriétaires ensemble d'une petite affaire ?

— Non. La maison d'hôtes appartenait à la mère de Gordon. C'est après sa mort qu'il a décidé de rompre. Et je n'avais pas de parts dans l'affaire, donc...

— Emily ! Ne me dites pas que vous n'aviez jamais signé de contrat ?

— C'est pourtant vrai. Mais je préfère ne pas avoir eu à me battre pour de sordides histoires financières. Une séparation est déjà suffisamment pénible. Vous savez de quoi je parle.

Secouant la tête avec véhémence, Alejandro objecta :

— Pas du tout ! Une rupture n'a nullement besoin d'être difficile. Croyez-en ma grande expérience ! C'est ce que j'aurais aimé que mes parents comprennent, quand ils se disputaient. Pourquoi rendre les choses compliquées ? Si vous vous plaisez avec l'autre, alors cela vaut la peine de rester. Dans le cas contraire, mieux vaut se séparer. Pourquoi en faire tout un mélodrame ?

— Vos parents se disputaient souvent ?

— *Très* souvent ! Ma mère est une célèbre danseuse de flamenco. Maria de Luca.

— Je n'ai pas de grandes connaissances dans ce domaine...

Alejandro appréciait le rythme paresseux de la conversation.

Au fil des kilomètres, ils échangeaient quelques mots, puis se taisaient, réfléchissant à ce qui venait d'être dit. Il n'avait pas le souvenir d'avoir jamais voyagé avec une compagnie aussi agréable.

— Vous êtes novice en la matière, si je comprends bien, observa-t-il.

— On peut dire ça.

Il y avait tant de sujets sur lesquels Emily se sentait novice ! songea-t-elle.

— J'aimerais beaucoup assister à des démonstrations de l'école andalouse d'équitation, dit-elle pour changer de sujet. J'ai tellement entendu parler de ces chevaux qui dansent !

— Carmen, ma sœur, est une grande spécialiste de ce genre de dressage. J'organiserai une rencontre avec elle. Est-ce que vous avez des frères et sœurs ?

Emily secoua la tête.

— Non, j'étais fille unique, répondit-elle. Mais j'ai une amie très proche, Anna, que je considère comme ma sœur. Nous avons grandi ensemble.

— Et vos parents ?

— Ils sont morts tous les deux.

Alejandro tourna vers elle un visage empreint de compassion.

— Je suis désolé, dit-il. Récemment ?

— Pas vraiment. Ma mère est morte pendant ma dernière année à l'université. C'est la raison pour laquelle j'ai interrompu mes études. Mon père souffrait déjà de démence précoce. Il est mort il y a trois ans.

— Vous avez quitté la fac pour vous occuper de lui ?

— Oui. Ma mère m'avait fait promettre de ne pas le placer dans un établissement spécialisé. Je me devais de respecter cette promesse, mais...

— Ça a dû être difficile, déclara Alejandro. Je vous ai dit que mon père est malade. Il essaie de se battre. Cependant...

D'un geste de la main, il manifesta sa frustration de ne pouvoir mieux s'exprimer en anglais. Après quelques secondes de réflexion, il reprit :

— À cause de la maladie, il est devenu particulièrement… sentimental.

Jetant un coup d'œil vers Emily, il ajouta :

— Est-ce que Sophia a mentionné le changement d'image de la marque ?

— Elle m'en a touché un mot.

— Eh bien, maintenant, mon père souhaite que la photo de ma mère demeure sur l'étiquette. Alors qu'il disait ne plus en vouloir !

— Je suis certaine que… que vous saurez prendre la bonne décision.

Manifestement, Emily prenait garde à choisir ses mots pour ne pas le blesser. Elle montrait tellement de tact !

Jamais Alejandro n'avait rencontré quelqu'un qui déteste autant la confrontation. D'ailleurs, aborder ce sujet délicat semblait la mettre si mal à l'aise qu'il la vit appuyer au hasard sur un bouton du tableau de bord, juste pour faire quelque chose.

— Pourquoi est-ce que vous actionnez la sécurité enfants ? s'enquit-il en souriant.

Emily éclata de rire.

— Sophia vous a conseillé d'éviter d'évoquer ma mère sur le site, c'est ça ? reprit-il.

— Oui, mais je ne vois pas comment cela va être possible. Je tiens à créer un site qui convienne à chacun de vous, y compris votre père…

— Laissez-moi le temps d'en parler à mon frère et ma sœur.

— Bien sûr.

Habituellement, Alejandro avait affaire à des négociateurs plutôt impitoyables. La douceur d'Emily était un agréable changement.

— Est-ce que vous êtes fier de votre mère ? demanda-t-elle tout à trac.

— Oui ! J'adorais être en coulisses, et la regarder danser.

— J'aurais aimé prendre des cours de danse, confia Emily. Mais, petite, j'étais un peu trop... *dodue*.

— Ici, c'est considéré comme une qualité. Lorsqu'un enfant est un peu « dodu », comme vous dites, tout le monde le trouve mignon. C'était le cas pour Carmen. Cela n'empêche pas qu'aujourd'hui elle soit l'une des plus remarquables écuyères de toute l'Espagne.

— Elle n'a jamais été tentée de suivre l'exemple de votre mère, en devenant danseuse de flamenco ?

— Seigneur, non ! Elle déteste ça !

Alejandro, lui aussi, s'était détourné du flamenco depuis de longues années. Mais la veille, en observant l'expression extasiée d'Emily, il avait recommencé à prendre plaisir à ce spectacle.

— C'était comment d'avoir une mère aussi célèbre ? interrogea Emily.

Voyant qu'Alejandro ne répondait pas, elle se reprit :

— Bien sûr, pour vous trois c'était juste votre maman...

— Pas vraiment, non, déclara Alejandro. Même à la maison, c'était une star. Tout ce qu'elle aimait, c'était être sur scène. Mon père était farouchement jaloux. Chaque fois qu'elle revenait d'une tournée, il lui faisait des scènes épouvantables. Du coup, elle a fini par ne plus rentrer du tout.

Qu'Alejandro évoque pareils souvenirs sans une once d'amertume ne laissait pas de surprendre Emily. C'était comme s'il était capable de prendre en compte les deux points de vue : celui de sa mère, autant que celui de son père.

— Si votre fiancé vous avait demandé de cesser de travailler, est-ce que..., commença-t-il.

— Oh ! il n'aurait pas fait ça ! l'interrompit Emily. Gordon *adorait* me voir travailler. À la condition que ce soit pour lui.

Ils éclatèrent de rire en même temps.

— Cela m'a servi de leçon, reprit-elle. Plus jamais je n'aurai de relation avec un homme engagé dans une entreprise familiale, et...

Elle s'interrompit, prenant conscience de la situation. À nouveau, Alejandro éclata de rire. Seul, cette fois.

— Alors, c'est parfait, dit-il. Si jamais vous envisagez de vous remettre de votre déception amoureuse avec moi, vous pouvez être rassurée. Je ne suis pas du genre à m'accrocher ! L'important, c'est de prendre du plaisir aussi longtemps qu'il est possible, puis se séparer sans regrets et sans faire de drame.

Alejandro avait presque formulé cela comme une sorte d'invitation...

Ils demeurèrent silencieux pendant le reste du trajet, mais Emily ne cessait de repenser à ses propos.

À l'entendre, les choses semblaient pouvoir être si faciles..., dénuées de toute complication.

Était-ce possible ?

6

Les vignes, dénudées à cette saison, s'étendaient à perte de vue. Le soleil était bas, à l'horizon, lorsque Alejandro immobilisa la voiture devant le vaste bâtiment planté au cœur de la propriété.

— L'été, l'endroit est très fréquenté, expliqua-t-il. Mais en cette saison il n'accueille que quelques groupes.

Il la conduisit à l'étage, jusqu'à la salle de réception.

— C'est ici qu'est donné notre bal annuel, expliqua-t-il. Lorsque toutes les lumières sont allumées, c'est assez éblouissant.

— J'adorerais voir ça, dit Emily.

Puis, ils gagnèrent le rez-de-chaussée, où s'affairaient de rares employés.

— Voici Carlos, déclara Alejandro.

Il fit les présentations, avant d'ajouter :

— Carlos, je te confie Emily pour quelques instants.

Ensuite, il se tourna vers Emily.

— Carlos est la personne auprès de laquelle vous pouvez vous enquérir de tout ce qui constitue l'histoire du vignoble, dit-il, avant de s'éclipser.

Ledit Carlos était un véritable puits de science. Il guida Emily dans la visite des immenses pressoirs, où l'on extrayait le jus de raisin. Sur les murs, elle remarqua des photos de l'époque où cela se faisait en foulant les grappes aux pieds.

— C'était une véritable fête, en ce temps-là, observa Carlos.

Il venait de la conduire dans un espace dont il précisa que c'était un poulailler par le passé, lorsque Alejandro reparut.

— Autrefois, on utilisait du blanc d'œuf pour clarifier le xérès, commenta-t-il.

Carlos les avait quittés, et ce fut Alejandro qui expliqua ce procédé à Emily, avant de poursuivre la visite. Ils avaient regagné l'extérieur, et elle frissonna dans le vent du soir. C'était la première fois qu'elle ressentait le froid, depuis son arrivée à Jerez. Mais cela n'avait rien de désagréable, aux côtés d'une présence aussi protectrice...

De la main, Alejandro désigna une moto s'éloignant sur les collines.

— C'est Carlos, dit-il. Il est toujours le dernier à quitter l'exploitation. Nous sommes seuls.

La prenant aux épaules, il fit pivoter Emily pour qu'elle se retrouve face à lui.

— Nous ne tarderons pas à rentrer, ajouta-t-il. Mais d'abord...

Alors, il reprit le baiser là où ils l'avaient interrompu le matin même.

Alejandro n'avait jamais tenu dans ses bras un corps aussi délicieusement sensuel. Il avait l'impression qu'il ne serait jamais rassasié de tant de douceur.

Le froid mordant du vent d'hiver n'était plus qu'un pâle souvenir, tandis qu'il serrait Emily contre lui. Ce fut encore plus vrai lorsqu'ils se laissèrent tomber sur le sol.

— Nous allons avoir besoin de nous épousseter l'un l'autre, plaisanta-t-il en souriant.

Cette fois, ils ne risquaient plus d'être dérangés, aussi il n'hésita pas à glisser une main sous le corsage d'Emily pour dégrafer son soutien-gorge.

— Pas ici..., murmura-t-elle contre sa bouche, tout en continuant à répondre à ses baisers.

Le plaisir lui fit creuser les reins, quand Alejandro prit un sein dans le creux de sa main.

— Tu as raison, souffla-t-il. Nous serions mieux dans un lit…

Quand donc allait-elle se décider à avouer la vérité à Alejandro ? s'interrogea Emily.

À moitié allongé sur elle, il avait soulevé son corsage exposant sa poitrine à la fraîcheur de l'air. Elle se mordit la lèvre lorsqu'il prit un téton durci dans sa bouche.

— Je t'avais dit que je rêvais d'honorer tes seins, non ? souffla-t-il sans s'écarter.

La lente exploration qu'il entreprit alors exacerba le désir d'Emily. La langue brûlante d'Alejandro parcourait avidement un sein puis l'autre. Tout ce qu'elle désirait, c'était qu'il s'enhardisse encore davantage. Comme s'il avait entendu sa supplique muette, il laissa sa main descendre sur son ventre.

— Alejandro…, gémit-elle, lorsqu'il insinua un doigt dans la moiteur de son intimité secrète.

Il était temps qu'elle lui avoue son secret ! se morigéna-t-elle *in petto*.

Mais, à cet instant, Emily découvrit le pouvoir envoûtant de l'acte sexuel. Car Alejandro venait de trouver l'épicentre de son plaisir, de la pointe de l'index.

— Chut…, murmura-t-il pour faire taire ses faibles tentatives pour lui faire comprendre qu'elle avait quelque chose à lui dire. Laisse-toi aller…

Le ciel avait pris des teintes mauves et roses, auxquelles se mêlait une pointe d'orange. La bouche d'Alejandro vint se refermer sur la douceur d'un mamelon, tandis qu'il continuait à glisser ses doigts dans la touffeur du sexe humide. Cette fois, ses caresses se firent plus insistantes, et Emily fut parcourue de spasmes irrépressibles. À entendre les gémissements étranglés montant des lèvres pulpeuses d'Emily, il sentait quelque chose d'inconnu se nouer au creux de son ventre.

Il était clair qu'Emily luttait contre le désir de s'abandonner complètement. Était-ce une sorte de culpabilité féminine à l'égard du sinistre Gordon qui la retenait ?

— Tu veux que j'arrête ? questionna-t-il.

— Non, surtout pas ! Je t'en prie…

Cela suffit pour qu'Alejandro se décide à faire glisser pantalon et culotte de dentelle le long des jambes fuselées, se réjouissant qu'Emily n'émette pas la moindre protestation.

Pour l'instant, ils n'avaient fait qu'échanger baisers et caresses, mais Alejandro semblait désirer qu'elle aussi aille plus loin, comprit Emily lorsqu'il lui prit une main pour la poser sur son sexe tendu. Le sentir aussi dur sous sa paume la mit au comble de l'excitation.

N'était-il pas insensé, songea-t-elle, de penser que les caresses d'Alejandro lui faisaient découvrir des contrées dont elle avait à peine soupçonné l'existence ? Il l'entraînait vers des univers qu'elle n'avait jamais seulement entrevus sous les timides baisers de Gordon.

À force de caresses prodiguées par ses mains et sa langue, Alejandro se faisait fort d'emmener Emily à se laisser aller. Lui-même était à un tel point d'excitation qu'il ne put se retenir de réclamer d'une voix rauque :

— Prends-moi dans ta main.

Sa fièvre monta d'un cran lorsqu'il sentit Emily se raidir et qu'elle arqua le dos.

— Je ne vais plus pouvoir me retenir, souffla-t-il.

Elle entreprit de défaire la ceinture de son pantalon, mais la frustration lui fit serrer les paupières, tant il était près de jouir. N'y tenant plus, Alejandro préféra délivrer lui-même son sexe de son carcan. Puis sa main retrouva le cœur ruisselant de sa féminité.

Son intention n'avait été que de reprendre leur baiser là où il s'était interrompu, le matin même, mais voilà qu'il se retrouvait propulsé des années en arrière, vers les flirts de son adolescence, entre les rangs de vigne. Et il n'y avait jamais pris autant de plaisir.

Tout à coup, les lumières du bâtiment s'allumèrent. Emily écarquilla les yeux, et Alejandro étouffa son cri d'angoisse avec sa bouche, puis il s'écarta pour expliquer :

— C'est moi qui ai organisé ça. Ne t'inquiète pas, nous sommes seuls…

Ce n'étaient pas seulement les lumières qui avaient causé le cri d'Emily en se rallumant. C'était la sensation étourdissante des longs doigts plongeant en elle.

Elle tendit une main vers Alejandro, se risquant à la poser sur le membre durci, étonnée de percevoir la rigidité d'airain sous le velours de la peau. Une goutte perlait à son extrémité, et la recevoir sur sa paume fit irradier une douce chaleur dans le corps d'Emily. Voilà que toutes ses défenses cédaient, et qu'elle cessait de résister…

La vision d'Emily, mâchoires serrées et lèvres pincées, ses petits gémissements, tout cela procurait à Alejandro un plaisir si intense qu'il en avait presque la tentation de se conduire lui-même à l'assouvissement sans plus attendre.

Mais pour cela il lui aurait fallu se résoudre à retirer sa main de là où elle était. En appui sur un coude, il préféra se délecter du spectacle qu'offrait la jeune femme tandis que les derniers spasmes de l'orgasme la secouaient. Ce fut avec ravissement qu'il reçut son sourire extasié.

— C'était bien ? questionna-t-il.

— Plus que bien…, souffla-t-elle.

Venant s'allonger sur Emily – son érection tellement flagrante entre eux –, Alejandro abaissa son regard sur elle.

— Quand je pense que je t'avais amenée ici dans le seul but de te faire contempler le bâtiment éclairé ! dit-il.

— Tu te moques de moi !

— Non, je suis très sérieux.

Il s'écarta pour lui sourire, avant d'ajouter :

— Tout au plus espérais-je un baiser…

Lentement, il roula des hanches sur le ventre plat, savourant avec délice la douceur soyeuse de sa peau.

— Je croyais avoir passé l'âge des ébats en plein air, dit-il, mais il semble que non...

Alejandro n'était pas rassasié de ce sourire ébloui dont Emily l'avait gratifié quelques instants plus tôt. Mais elle était en train de relever les genoux et de se mettre en appui sur les coudes, et il comprit qu'elle n'était pas prête à poursuivre.

— Pas ici, redit Emily.

En dépit du plaisir inouï qu'ils lui avaient procuré, les doigts experts d'Alejandro l'avaient également meurtrie, et elle en avait conclu qu'elle ne pourrait pas davantage reculer le moment de se montrer franche.

Alejandro se recula, effleurant l'entrejambe d'Emily de son sexe toujours dressé. Il en enserra la base de ses doigts, pour positionner l'extrémité brûlante à l'orée de son intimité secrète, l'agaçant par de petites pressions, comme s'il quémandait l'autorisation de la pénétrer. Elle était encore hypersensible, après avoir joui.

— Alejandro, souffla-t-elle, je n'ai jamais...

— Chut..., l'interrompit-il. Je te ramène chez moi.

Se laissant rouler sur le côté, il entreprit de rentrer son membre dressé dans le caleçon de soie noire, avec la plus parfaite décontraction.

De son côté, Emily se hâta de remonter sa culotte et son pantalon, tout en lâchant d'une voix étouffée :

— Je n'avais jamais connu d'orgasme...

— Qu'est-ce que tu veux dire ? interrogea Alejandro, la fixant d'un regard inquisiteur.

— Je n'ai jamais couché avec un homme...

Il fronça les sourcils, et s'exclama :

— Mais, tu vivais avec ton fiancé, non ?

— Nous faisions chambre à part. Il a toujours prétendu que c'était à cause de ses convictions religieuses.

Si elle l'avait pu, Emily se serait enfuie à toutes jambes. Mais ils étaient au milieu de nulle part, et elle n'avait d'autre choix que de compter sur la voiture d'Alejandro.

— Tu es sérieuse ? interrogea-t-il.

— Oui, mais cela ne change rien... Ce n'est pas parce que je n'ai jamais...

— Tu es en train de me dire que tu es *vierge,* c'est ça ?

— À t'entendre, on croirait que c'est une maladie !

Alejandro secoua la tête.

— Non, bien sûr, répliqua-t-il. C'est juste...

Un instant, il chercha ses mots, ne voulant pas la blesser.

— Emily, reprit-il, ça change beaucoup de choses. Je te désire, c'est sûr... mais...

De nouveau il se demanda comment formuler sa pensée. L'important était de se montrer honnête.

— Écoute, enchaîna-t-il, si tu as attendu aussi longtemps, ce n'est pas pour offrir ta virginité à un homme qui... D'ailleurs, je comprends mieux, maintenant.

— Qu'est-ce que tu comprends ?

— Hier soir, dans l'état d'excitation qui était le nôtre, nous aurions normalement dû terminer au lit.

— Tu veux dire que cela aurait été le cas avec une femme draguée dans un bar ?

— Qu'y a-t-il de mal à cela ?

— Mais, *tout* !

Ce fut d'une voix douce qu'Alejandro conclut :

— Tu vois bien que tu attends davantage d'une relation...

— J'attends juste que cela ne se résume pas à un coup d'un soir, protesta Emily.

En son for intérieur, elle s'étonna de la facilité avec laquelle elle abordait un sujet aussi intime avec Alejandro.

— Bon sang, enchaîna-t-elle, je peux quand même désirer une expérience sexuelle qui ne soit pas entièrement dénuée de romantisme !

Plongeant son regard dans celui d'Emily, Alejandro secoua la tête d'un air de regret.

— Emily..., murmura-t-il, je n'ai pas pour habitude de donner dans le romantisme.

Pour un peu, Emily lui aurait rétorqué que c'était faux, à en croire l'illumination du bâtiment qu'il avait programmée pour elle, sous le ciel étoilé de la campagne andalouse. En ce qui la concernait, elle n'avait jamais rien vécu d'aussi sentimental.

Sans un mot, ils regagnèrent la voiture où Alejandro entreprit de les débarrasser l'un et l'autre de la poussière sur leurs vêtements. À cet effet, il conservait même l'un de ces rouleaux spéciaux dans la boîte à gants.

— C'est pour toutes les fois où tu emmènes de jeunes vierges visiter tes vignobles ? s'enquit Emily sur un ton qu'elle voulait facétieux.

La plaisanterie n'arracha même pas un sourire à Alejandro. Il se contenta de finir de s'épousseter, puis resserra soigneusement son nœud de cravate.

Le long trajet jusqu'à la ville se passa dans une ambiance curieusement moins déplaisante qu'Emily ne s'y était attendue. Ils bavardèrent de choses et d'autres – le travail, la forme des nuages, les chaussures spéciales des danseurs de flamenco... –, en évitant soigneusement les sujets graves.

— Merci pour la balade, lança Emily en sortant de la voiture, devant la bodega.

Mais elle oubliait qu'Alejandro Romero n'avait pas besoin de s'embarrasser de choses aussi triviales que garer son véhicule. Une fois qu'il en eut confié les clés à l'agent de sécurité, il eut tôt fait de rattraper Emily qui tapait le code d'ouverture du portail de la résidence.

— Je vois que tu as fini par retenir les chiffres, dit-il.

— Effectivement.

Cette fois, ils ne s'attardèrent pas à l'entrée des appartements, se contentant d'échanger un bref « Bonsoir ».

— Emily ! lança Alejandro tandis qu'elle insérait la lourde clé dans sa serrure.

— Quoi ?

C'était sans se retourner qu'Emily avait riposté de la sorte, se souciant peu de se montrer impolie.

Car faire face à Alejandro aurait été prendre le risque de fondre en larmes.

— Je ne me comporte pas toujours très bien avec les femmes, répondit-il.

— C'est ce que l'on m'a dit.

Pour autant, elle ne pouvait s'empêcher de souhaiter qu'il fasse taire tous ses scrupules, et la mette dans son lit.

Combien de temps encore allait-elle devoir se passer de toute relation avec un homme ? s'interrogea Emily, une fois seule, assise sur le canapé dans l'obscurité de son logis. Ce qu'Alejandro lui avait fait entrevoir, ce soir, avait été très loin de la rassasier… Bien au contraire, cela n'avait fait qu'exacerber son désir de connaître enfin les choses du sexe.

Sauf que ce n'était pas seulement à cela qu'elle aspirait. Ce qu'elle voulait, c'était *lui*.

Oublie ça ! se sermonna-t-elle *in petto*.

Des bruits de voix l'attirèrent sur le balcon. Un groupe de femmes sortait en riant de ce qui semblait être une école de danse.

Après tout, songea-t-elle, pourquoi ne suivrait-elle pas le conseil qu'Alejandro lui avait donné, la veille au soir ?

La présence d'Emily dans l'appartement voisin tourmentait Alejandro. Elle l'obsédait comme jamais une autre femme avant elle. Il s'en voulait de l'avoir repoussée. Néanmoins, il était certain d'avoir agi comme il le devait.

L'intimité, la proximité affective, les émotions..., tout cela était exactement ce qu'il détestait.

Le sexe devait rester le sexe.

Il n'avait que faire d'une idylle, même temporaire !

7

— Tout va bien ? lança Alejandro en rejoignant Emily à son bureau.

— Parfaitement bien, répondit-elle.

À vrai dire, elle était sur les nerfs et avait parfaitement conscience d'être mal fagotée avec ce pantalon noir et ce chemisier bleu marine qui ne s'accordaient pas du tout - mais elle n'avait pas noté la différence de couleur en s'habillant.

— Enfin, ajouta-t-elle, hormis le fait que l'eau de ce pays ne semble pas faite pour moi.

Elle passa la main dans ses cheveux dont les pointes desséchées transformaient ses boucles blondes en un désastreux méli-mélo cotonneux.

— Comment dit-on « après-shampoing », en espagnol ? demanda-t-elle.

Alejandro sourit.

— *Acondicionar de cabellos*, répondit-il. Mais il y a aussi de très bons salons de coiffure à Jerez.

— Inutile ! J'ai l'habitude de me coiffer toute seule.

Choisissant de faire preuve de prudence, Alejandro préféra éviter tout commentaire. Il avait bien conscience qu'Emily faisait la conversation dans l'espoir que les choses reprennent un cours plus normal entre eux.

Sauf que dès leur rencontre rien n'avait été *normal*.

Qu'elle soit ou non bien coiffée, la jeune femme l'attirait terriblement. Et il s'en voulait d'être à l'origine de cette situation tendue.

— Je m'efforce juste d'agir au mieux, dit-il en s'asseyant sur le bord de son bureau. Et je suis *certain* d'avoir pris la bonne décision.

— Tant mieux pour toi, rétorqua sèchement Emily.

Elle désapprouvait farouchement la position d'Alejandro. Qui d'autre que lui serait à même de l'initier aux plaisirs de la chair ? Sauf qu'elle ne pouvait pas dire cela.

— Mais tout va bien, reprit-elle. Je me suis faite à l'idée qu'il ne se passera rien entre nous. Apparemment, j'ai le chic pour choisir des hommes qui ne veulent pas de moi.

— Ne dis pas ça !

— Je plaisantais. Enfin, plus ou moins...

Mieux valait, songea-t-elle, se concentrer sur les questions de travail.

— J'ai déjà une idée de présentation du site, enchaîna-t-elle. Si tu as un moment, je peux te montrer.

— Bien sûr.

— J'ai trouvé cette photo...

Alejandro vint se placer derrière elle afin de regarder, et Emily fit apparaître le cliché sur l'écran. On y voyait un homme penché sur une rangée de tonneaux. Cela avait dû être pris une cinquantaine d'années auparavant.

— C'était sur l'ancien site, fit observer Alejandro.

— Oui, je sais ! rétorqua Emily. Mais regarde.

Cette fois, elle disposa à côté la photo d'Alejandro, prise le matin précédent. Les deux images étaient presque identiques.

Sauf que la seconde offrait une vision bien plus contemporaine. Un téléphone portable dépassait de la poche arrière du pantalon d'Alejandro, et ses vêtements étaient plus ajustés que ceux de l'homme sur l'ancienne prise de vue.

— J'ai pensé qu'il serait intéressant de faire quelques-uns de ces parallèles entre hier et aujourd'hui, expliqua Emily. En mettant l'accent sur ce qui a changé, et ce qui est intemporel.

— C'est un bon angle d'attaque.

— Je me dispenserai de préciser, dans la légende, que tu étais occupé à chercher une boucle d'oreille...

Emily avait dit cela d'un ton sarcastique, et Alejandro se pencha pour l'observer.

—Tu es sûre que tout va bien ? questionna-t-il.

Elle le gratifia d'un sourire crispé.

— Ça va aller, répondit-elle. Rassure-toi, je suis certaine de finir par trouver chaussure à mon pied.

Alejandro réagit à cette pique en plissant les paupières, mais il se contenta de hausser une épaule. Ce fut en lui souhaitant bonne chance qu'il quitta le bureau d'Emily.

Le reste de la première semaine se déroula sans qu'elle n'ait véritablement l'occasion de le rencontrer. Le bureau d'Alejandro se trouvait plusieurs étages au-dessus du sien, aussi ne risquaient-ils pas de se heurter dans les couloirs. Et, bien que leurs logements soient voisins, leurs routes ne se croisèrent qu'à une seule occasion.

Ce matin-là, Emily avait quitté son appartement à l'aube, dans l'intention d'aller photographier le soleil levant. Mais, avant cela, elle tenait à capturer une dernière image de la lune au-dessus des rameaux dénudés de la vigne vierge montant à l'assaut des murs de la cour. Pour un effet de contre-plongée, elle était à plat ventre sur le sol lorsque Alejandro surgit.

— La nuit a été difficile ? questionna-t-il en la dominant de toute sa hauteur.

— Pas du tout, répliqua-t-elle en levant le regard vers lui.

De toute évidence, c'était à Alejandro que la question aurait pu être posée. Il était clair qu'il rentrait à peine de quelque boîte de nuit, pas rasé, et la cravate dénouée.

Au moins, songea Emily, il était seul. Elle aurait détesté le voir accompagné d'une éblouissante beauté pendue à son bras.

— Qu'est-ce que tu fais ? questionna-t-il.

— Je prenais une photo de ces plantes grimpantes, se borna-t-elle à répondre.

Elle se préparait à se relever lorsque Alejandro lui tendit la main. Emily la prit sans réfléchir. Instinctivement, leurs doigts s'entrelacèrent…

— Est-ce que tu vas te coucher ? interrogea-t-il.

Il avait dit cela avec une inflexion légèrement suggestive, et elle en fut troublée. Aussi s'empressa-t-elle de retirer sa main de la sienne.

— Non, répondit-elle, je vais prendre des photos du lever de soleil dans le vignoble.

— C'est une bonne idée, répliqua Alejandro d'une voix curieusement enrouée.

— Je l'espère, conclut Emily en se dirigeant vers son matériel.

Alejandro suivit Emily des yeux, tandis qu'elle ramassait son précieux appareil-photo.

Il rentrait de Séville, où il était allé de boîtes de nuit en réceptions privées. Cependant, il n'y avait pas pris le plaisir habituel. Maintenant, il comprenait mieux pourquoi.

Ce qui lui avait cruellement manqué, c'étaient les courbes exquises d'Emily, ses boucles folles, et cette passion inemployée qui couvait sous son apparence sévère.

— Laisse-moi t'aider…, proposa-t-il, juste pour prolonger la rencontre.

— Je te remercie, dit-elle, mais le chauffeur de taxi ne va plus tarder.

C'était sur un ton acerbe qu'elle avait refusé son offre. Il était clair, comprit Alejandro, qu'elle attendait autre chose de lui qu'une marque de galanterie.

Était-il véritablement judicieux qu'il s'obstine à faire preuve de sagesse, quand ni l'un ni l'autre n'en avait envie ?

Enveloppée dans une couverture, Emily était assise entre les rangs de vigne, regardant le ciel tourner à l'or pâle. Cela n'avait rien à voir avec le déchaînement violet et rose du coucher de soleil contemplé en compagnie d'Alejandro.

Emily avait beau se répéter qu'elle ferait mieux de l'oublier, elle se rappelait en boucle toutes les choses qu'il disait et qui la faisaient éclater de rire ; la façon dont il la taquinait ; la manière dont il l'acceptait telle qu'elle était... Et surtout ses baisers incroyablement sensuels...

Assez ! s'intima-t-elle en son for intérieur, tout en rangeant son matériel.

À partir de cet instant, elle tournait la page !

C'en était fini de cette obsession pour Alejandro Romero !

Le flamenco était vraiment un mode de vie à Jerez ! Il y avait même des robes de danseuses dans les supermarchés.

Emily avait fini par comprendre qu'elle ne pénétrerait l'âme andalouse que lorsqu'elle aurait fait l'expérience de cette danse par elle-même.

Si venir à Jerez était l'acte le plus audacieux qu'elle ait accompli à ce jour, pénétrer dans le studio d'Eva était certainement le deuxième.

Ce fut en rougissant jusqu'aux cheveux qu'elle s'avança vers la danseuse, manifestement au beau milieu de sa pause déjeuner. Malgré cela, Eva la gratifia d'un sourire chaleureux.

— *Hola !* fit-elle.

— Je vous ai vue danser à la *taberna*, expliqua Emily en rassemblant tout ce qu'elle savait d'espagnol. On m'a dit que vous enseigniez le flamenco, et je me demandais si vous preniez des élèves en cours particulier.

Le courage tout neuf d'Emily ne la poussait cependant pas à accepter l'idée de s'exhiber en groupe – ce serait prendre le risque de se couvrir de ridicule devant des autochtones.

— *Claro que sí !* s'exclama Eva. Bien sûr ! Mais c'est plus amusant, et moins cher de s'inscrire dans un groupe. De plus, en ce moment, je n'ai pas beaucoup de disponibilités.

— Alejandro m'avait dit que..., commença Emily.

— C'est Alejandro qui t'envoie, la coupa Eva, adoptant spontanément un tutoiement amical. Alors, je vais m'arranger pour te trouver un peu de place.

Le studio était une vaste pièce aux murs recouverts de miroirs et au sol parqueté. Des châles en soie multicolores étaient installés sur des cloisons amovibles, et des rangées de chaussures s'alignaient dans un coin.

— Je ne connais rien au flamenco, avoua Emily.

— C'est bien pour ça que tu vas suivre un cours pour débutants, répliqua Eva. J'ai un groupe qui arrive à 14 heures, du coup j'ai peut-être un peu de temps pour toi...

Sur le point d'objecter qu'elle devait retourner au travail, Emily se retint. Après tout, cela *aussi* faisait partie de son travail, d'une certaine manière.

— Je n'ai pas de chaussures, remarqua-t-elle cependant.

— Ce n'est pas grave. Tu n'en auras pas besoin aujourd'hui.

Se plantant devant un miroir, Eva avança une main en coupe, puis en frappa la paume avec trois doigts. Le son produit était étonnant.

— On appelle ça les *palmas,* expliqua-t-elle. À ton tour.

Pendant près d'une heure, Emily s'appliqua à suivre les directives que lui donnait Eva, prenant conscience qu'elle n'avait pas franchement le sens du rythme. Mais elle ne vit pas passer le temps.

— Reviens demain à la même heure, déclara Eva. Tu m'as dit que tu n'avais que cinq semaines devant toi, donc il ne faut pas traîner. Je te prêterai des chaussures. Mais tu devrais aussi venir aux ateliers de groupe. Tu verras, c'est très amusant.

Retournant à son bureau, Emily songea qu'elle n'avait jamais vraiment eu l'occasion de s'amuser dans la vie. Il était peut-être temps que ça change...

En tous les cas, à Jerez, elle expérimentait plein de choses nouvelles, tout à fait agréables : la danse, embrasser des hommes… – enfin, juste un ! Bref, tout ce qui lui avait toujours manqué. Après avoir consacré sa vie à faire plaisir à autrui, Emily s'accordait enfin le loisir de découvrir ce qui pouvait lui plaire à *elle*. C'était une libération !

— Alejandro te cherchait, lui signala Andrés, de l'équipe informatique, comme elle regagnait les bureaux.

— Bien fait pour lui, qu'il cherche ! répliqua-t-elle.

La maîtrise de l'anglais d'Andrés était insuffisante pour qu'il saisisse l'insolence de cette réponse, aussi se contenta-t-il de lui sourire avant de retourner s'asseoir à son travail.

— Bien fait pour moi ? interrogea une voix de velours dans le dos d'Emily.

Elle fit instantanément volte-face, pour constater qu'Alejandro était aussi sublime qu'à son habitude. Les excès de la nuit précédente n'avaient pas laissé la moindre trace sur sa physionomie.

— Puis-je savoir pourquoi c'est « bien fait » pour moi de passer une heure à vous chercher partout, pour une visioconférence avec mon frère ?

Alejandro était revenu au vouvoiement qu'imposait l'open space, et il la regardait en plissant légèrement les paupières, comme s'il percevait un changement subtil en elle.

Était-ce l'effet de sa première approche du flamenco ? s'interrogea-t-elle.

— Il fallait me prévenir à l'avance que vous aviez fixé une réunion, objecta-t-elle.

— Cela s'est décidé de manière impromptue, reconnut Alejandro. J'ai vainement essayé de vous joindre sur votre portable.

Du fond de son sac, Emily extirpa son téléphone professionnel pour découvrir plusieurs appels manqués. Elle avait été trop occupée à pratiquer les *palmas*, pour entendre la sonnerie de l'appareil.

— Je vois, fit-elle en le remettant dans son sac. J'avais pris ma pause déjeuner.

S'asseyant devant son ordinateur, Emily mit les écouteurs sur ses oreilles et se connecta. Pendant une fraction de seconde, elle crut voir apparaître Alejandro sur l'écran. Mais il s'agissait de Sebastián : la ressemblance entre les deux frères était sidérante.

— Je tenais juste à faire le point avec vous, Emily, déclara Sebastián. Avez-vous des questions ?

— Quelques-unes, répondit-elle. Tout d'abord, seriez-vous d'accord pour que j'inclue des photos de Carmen sur le site ? En particulier, pendant une séance de dressage.

— Bien sûr, répondit l'aîné des Romero. Alejandro, peux-tu organiser cela ?

— Je vais m'en occuper, répliqua ce dernier.

Emily avait préféré commencer par une approche ne posant pas de problèmes. Mais si elle voulait faire les choses sérieusement, il allait falloir qu'elle aborde des sujets plus épineux.

— Il y a aussi quelques points sur lesquels j'ai des interrogations, avança-t-elle. Cela concerne surtout la biographie de votre père, et l'étiquette sur les bouteilles.

Sebastián s'adressa à son frère :

— Est-ce que tu as mis Emily au courant des complexités de l'affaire ?

— En partie, seulement, répondit Alejandro.

Pendant quelques minutes, ils discutèrent dans leur langue, et Emily se rendit aisément compte des divergences entre eux.

— Très bien, finit par reprendre en anglais Sebastián. Nous envisageons de modifier le design des étiquettes. Quand nous le ferons...

— *Si* nous le faisons, corrigea Alejandro.

Observant l'un des frères puis l'autre, Emily n'avait aucun mal à percevoir la tension entre eux.

Voyant que tous deux étaient fermement décidés à camper sur leurs positions respectives, elle se risqua à une proposition :

— Peut-être pourrais-je prendre contact avec votre père ? Savoir ce que *lui* en pense...

— Contentez-vous de la mission qui vous a été fixée, l'interrompit sèchement Sebastián.

— Oh là !

C'était malgré lui qu'Alejandro avait lâché cette exclamation irritée. Il était rare qu'il sorte de ses gonds, mais la façon dont son frère avait remis Emily en place l'exaspérait. Elle avait simplement abordé un problème qui méritait d'être traité ; et il n'ignorait pas qu'elle avait dû prendre sur elle pour s'y risquer.

— Emily a raison, enchaîna-t-il. Il est temps que nous prenions des décisions. Elle doit savoir ce qu'elle peut inclure ou non sur le site web. José tient à ce que Maria y figure.

— Fort heureusement, s'interposa Sebastián, il n'est pas seul à pouvoir donner son avis.

— Certes, mais il peut compter sur mon appui.

S'adressant à Emily, Alejandro ajouta :

— Pouvez-vous nous laisser, Emily ? J'espère que nous ne tarderons pas trop à répondre à vos interrogations.

— Bien sûr, répondit-elle.

Une fois qu'elle se fut déconnectée de la discussion, Alejandro interpella son frère :

— Tu n'étais pas obligé de lui parler sur ce ton !

— Nous n'avons pas pour habitude d'aborder des problèmes familiaux devant des étrangers, répliqua Sebastián.

— C'est pour cela que je lui ai demandé de nous laisser. En tous les cas, tu devrais te faire à l'idée que José tient à ce que Maria continue à figurer sur nos étiquettes. Et que la place qu'elle a occupée dans sa vie soit mentionnée sur le site.

— Il y a encore quelques semaines, il tenait à ce que toute trace d'elle soit effacée !

— C'était avant de se découvrir malade. Et sache que je compte appuyer sa décision.

— Pourquoi faut-il que tu continues à prendre la défense de notre mère, comme quand nous étions enfants ? Tu sembles oublier qu'elle a abandonné mari et enfants sous le prétexte fallacieux de se consacrer à ... son *art*.

Sebastián avait craché ce dernier mot avec une moue méprisante, et Alejandro ne put se retenir de le reprendre :

— Le flamenco est un art, à part entière.

C'était la fascination d'Emily pour le spectacle à la bodega qui lui avait remis cette vérité à l'esprit. Alejandro avait senti renaître en lui l'émotion qu'il avait crue disparue.

Et puis, après tout, ce n'était pas cette danse qui avait amené la ruine de leur famille. Chacun de ses deux parents portait la responsabilité de cet échec.

— Je n'essaie pas de la défendre, objecta-t-il. Simplement, je tiens à respecter les volontés de notre père.

— Eh bien, à ce sujet, j'ai discuté avec lui, ce matin. Il suggère que le mariage ait lieu au printemps.

— *Felicidades !* s'exclama Alejandro. Toutes mes félicitations ! J'ignorais que tu étais fiancé...

— Je parle de *ton* mariage !

— Tu ferais mieux de t'occuper de ce qui te regarde.

Sur quoi, Alejandro mit fin à l'entretien. Quittant son bureau, il descendit rejoindre Emily. Elle travaillait en compagnie des informaticiens.

Se contentant d'un petit signe en direction d'Andrés, il s'avança jusqu'à elle.

— Je suis désolé pour tout à l'heure, dit-il.

Emily leva les yeux et haussa les épaules.

— Il n'y a pas de quoi, dit-elle. Je me doutais bien que j'avançais en terrain miné.

Alejandro se posa sur le coin de son bureau, et Emily ne put manquer de constater l'insistance avec laquelle il la dévisageait.

Les effluves de sa délicieuse eau de toilette envahissaient tout son espace, et elle ne pouvait s'empêcher d'être obsédée par le fait que sa cuisse musclée était à peine à quelques centimètres de sa main. Du coup, elle devint écarlate.

Elle était sortie de son premier cours de flamenco avec une assurance euphorique qui s'était vite évaporée.

— Emily ?

Le ton d'Alejandro lui nouait l'estomac, mais elle ne lui pardonnait pas la façon dont il l'avait rejetée. Aussi continua-t-elle à saisir son texte sur l'ordinateur, se bornant à un bref :

— Oui ?

— Est-ce que vous pouvez arrêter ?

Posant les mains sur les siennes, il les écarta du clavier. S'efforçant de ne pas prêter attention à l'effet qu'avait sur elle ce contact, Emily leva les yeux et fixa Alejandro.

— Pardonnez-moi, dit-elle. Et ne vous faites pas de souci au sujet du site, je créerai deux versions pour vous laisser le temps de la décision.

— C'est parfait, acquiesça Alejandro.

Dans le regard qu'il lui lança avant de se lever, Emily crut lire qu'Alejandro aurait aimé exprimer bien d'autres choses. Cela mit clairement en danger son sang-froid.

Lorsqu'elle regagna son appartement, elle n'en referma pas complètement la porte. Peut-être s'en rendrait-il compte, et aurait-il l'idée de frapper ? D'accord, elle avait conscience d'être passablement pathétique. Mais elle était incapable de lutter contre le désespoir qui l'étreignait.

S'obligeant à faire comme si de rien n'était, Emily alluma la télévision – une mauvaise idée, car elle se trouva affreusement banale, comparée aux héroïnes sophistiquées de la série espagnole –, et se versa un verre de vin.

Elle était certaine qu'Alejandro s'était interdit de pousser plus loin leur conversation à cause de la présence des autres employés. Il y avait tant de non-dits entre eux. Et tant de choses qui demeuraient interdites.

Entendant des pas dans l'escalier, elle retint sa respiration.

Alejandro marqua une pause devant chez elle. Puis, il y eut le bruit de sa propre porte se refermant. Manifestement, il n'avait pas jugé bon de répondre à sa sollicitation muette.

Et pourquoi ne mettrait-elle pas sa fierté dans sa poche, pour aller frapper chez lui ?

Bon sang, oubliait-elle ce qu'elle s'était promis, le matin même ? Assise entre les rangs de vigne, presque à l'endroit où il l'avait repoussée, ne s'était-elle pas engagée à tourner la page « Alejandro Romero » ?

Éteignant le poste de télévision d'un geste rageur, elle attrapa ses clés et sortit.

— Emily ! lui lança Eva lorsqu'elle franchit la porte du studio. Tu as fini par te décider à te joindre à nous. Bravo !

Heureusement que les cours de flamenco existaient !

Sans cela, Emily était certaine qu'elle se serait couverte de ridicule en allant retrouver Alejandro.

— *Quinta*, s'écria Eva en tapant dans ses mains. Cinquième position. Emily, concentre-toi.

Plantée devant le grand miroir, Emily attrapa les deux extrémités du châle qu'une élève lui avait prêté, et s'efforça d'oublier l'existence d'Alejandro Romero.

Au cours des jours suivants, elle prit l'habitude d'assister aux cours d'Eva en soirée, chaque fois qu'elle était taraudée par l'envie de commettre une irréparable bêtise.

Elle avait fini par adorer ces séances collectives, quand bien même elle avait affreusement conscience de sa maladresse. Eva ne lui passait rien.

— Emily, tu es aussi souple qu'un bâton ! avait-elle coutume de dire.

Et, chaque fois qu'Eva lui répétait qu'elle n'était pas assez provocante, Emily se demandait à quoi diable cela pourrait bien lui servir. Ne s'était-elle pas pratiquement jetée à la tête d'Alejandro, sans le moindre résultat ?

— Ce soir, séance de *jaleo* ! annonça Eva, un jour, alors qu'Emily enlevait la jupe qu'elle utilisait pour s'entraîner.

— Qu'est-ce que c'est ? interrogea-t-elle.

— On fait la fête ! Tout le monde monte sur scène à tour de rôle, et on encourage les danseurs par des acclamations. Je vous attends tous en costume à 20 heures.

Un peu perplexe, Emily reprit le chemin du bureau en s'accordant le temps d'un détour par la plaza Santiago, où elle avait repéré un magnifique sac en cuir qu'elle souhaitait offrir à Anna.

Au moment de quitter la place, elle leva machinalement les yeux vers le clocher de la cathédrale et resta bouche bée.

Oh ! souffla-t-elle. Était-ce vraiment un nid ?

— C'est un nid de cigognes.

La voix d'Alejandro, dans son dos, la fit pivoter sur ses talons. Comme d'habitude, il était superbe, dans un costume gris sombre. Mais Emily ne se laissa pas démonter, concentrée qu'elle était sur l'énorme nid, en haut du clocher.

— Regarde ! s'exclama-t-elle. Il y en a une !

— On y est habitué, ici, déclara Alejandro. Il y en a sur tous les clochers de la ville. Les cigognes remontent d'Afrique par le détroit de Gibraltar. C'est le signe que le printemps arrive...

Alejandro regardait Emily plutôt que le nid. Levant son visage dans le soleil, elle plissait les yeux.

— S'il y a un seul oiseau, c'est qu'il finit de préparer le nid pour l'arrivée de l'autre, expliqua-t-il.

— J'ai lu qu'ils sont monogames et s'accouplent pour la vie, observa Emily.

— Mais non, c'est juste un mythe.

Pourquoi tenait-il tant à la contredire ? se reprocha Alejandro *in petto*. Fallait-il vraiment qu'il brise ses rêves ?

— Bon, je crois qu'ils restent fidèles tant que leur partenaire est en vie…, corrigea-t-il. Tant que ça dure…

— Oh…, souffla Emily.

Alejandro leva de nouveaux les yeux vers le nid.

— Regarde, dit-il, les deux oiseaux sont là.

— Lequel est la femelle ? questionna Emily.

— Je n'en ai pas la moindre idée. Comment vas-tu ?

— Ça va. Je suis contente. Le site avance correctement.

— Non, je te parle de *toi*. Comment vas-tu, *toi* ?

— Très bien.

En son for intérieur, Emily s'agaça de ne pas pouvoir répondre avec plus de conviction. Elle avait bien moins souffert de la rupture avec Gordon que d'être repoussée par Alejandro.

Il posa les yeux sur son dernier achat, qu'elle tenait contre elle comme un bouclier.

— C'est un très joli sac à main, observa-t-il.

Gênée de s'être autorisé pareille dépense, Emily se hâta d'expliquer :

— Il n'est pas pour moi. C'est un cadeau pour Anna.

— Eh bien, c'est fort dommage que tu ne te le sois pas offert. Il t'irait très bien. Et tu mérites d'avoir des objets de valeur.

La manière dont Alejandro la dévisageait fit monter le rouge aux joues d'Emily.

— Mais je possède des objets de valeur, protesta-t-elle. D'ailleurs, j'ai repéré un trépied très léger que j'ai bien envie d'acheter…, même s'il n'est pas donné…

Les yeux bruns se plissèrent, et de petites rides apparurent aux coins.

— C'est encore pour ton travail, répliqua Alejandro. Ce que je voulais dire, c'est que tu mériterais de t'offrir de jolies choses uniquement pour te faire plaisir.

— Mon travail me rend très heureuse, si tu veux le savoir !

Alejandro la dévisagea avec attention, puis il lâcha :

— Eva m'a dit que tu prenais beaucoup de plaisir à suivre les cours de flamenco.

— Elle t'a parlé de moi ? Qu'est-ce qu'elle a dit ?

— Eh bien, que tu es très… anglaise.

Il avait marqué une pause avant d'utiliser ce qualificatif.

— Qu'est-ce que ça veut dire ? questionna Emily.

— En d'autres termes, que tu es un peu trop raide.

Emily demeura bouche bée quelques secondes, avant de souffler :

— Elle n'a pas le droit de te dire une chose pareille !

Son indignation sembla beaucoup amuser Alejandro, car il éclata de rire.

— Je ne savais pas que l'apprentissage du flamenco sous-entendait le respect d'un code de confidentialité, déclara-t-il. En tous les cas, je t'entends t'entraîner le soir. Quand tu laisses ta porte entrouverte…

De nouveau, Emily se sentit devenir écarlate. Pour cacher son embarras, elle annonça :

— Ce soir, Eva a prévu une séance de *jaleo*.

— *Ole !*

— Je suis terrifiée… Je me sens tellement godiche ! Eva dit que je devrais au moins me maquiller avec un rouge à lèvres vif. D'après elle, ça m'inciterait à sourire davantage.

— Mais tu souris tout le temps ! protesta Alejandro. Tu as un sourire magnifique.

Emily secoua la tête. Toute sa vie, on lui avait répété qu'elle était trop sérieuse.

N'avait-elle pas plaisanté avec Willow sur le fait qu'elle avait dû venir au monde avec une expression grave ?

— Je pense que tu me connais sur un jour plus souriant que qui que ce soit d'autre, dit-elle.

Ce qu'Emily venait de dire laissait Alejandro perplexe.

Il était vrai qu'Eva lui avait parlé d'elle en l'appelant *señorita seria*.

Pourtant, songea-t-il, si Emily venait à disparaître, il en aurait fait un portrait à la police en insistant sur ses magnifiques yeux bleus, et son sourire radieux.

La veille, en passant devant sa porte, il l'avait entendue s'entraîner et il avait été à deux doigts de frapper. Au lieu de quoi, il était allé s'enfermer derrière l'épaisseur des murs qui le mettaient à l'abri... À l'abri de quoi ?

Ne pouvait-il admettre qu'elle n'attendait de lui que ce qu'il était seulement prêt à donner ? Une relation sans lendemain.

Emily le fascinait. Sous son incroyable douceur, elle était dotée d'une force admirable.

— Je ferais mieux d'y aller, dit-elle en interrompant ses réflexions. Sinon, je ne serai jamais prête pour le *jaleo*.

— Amuse-toi bien ! lui lança-t-il.

— C'est mon intention, répondit Emily en tournant les talons.

Ne t'inquiète pas, Alejandro, se dit-elle. *Je suis bien décidée à profiter au maximum du temps que je passe ici.*

Un peu trop, peut-être.

8

Eva frappa dans ses mains, et les bavardages cessèrent.

— Ce soir, lança-t-elle, nous danserons dans la cour de la bodega Romero.

— Je croyais que ce soir, c'était *jaleo*, non ? l'interpella Emily.

Suivant les instructions d'Eva, elle avait revêtu une tenue adéquate : jupe rose parsemée de fleurs mauves, accompagnée d'un corsage violet, le tout acheté dans une friperie. Elle avait même emprunté, pour l'occasion, une paire de chaussures rouges à talons. La note finale était une rose en soie attachée à ses cheveux. Même si elle n'avait pas complètement suivi les instructions d'Eva, se dispensant de faire l'acquisition d'un rouge à lèvres écarlate, Emily se sentait prête pour cette trépidante soirée.

Mais seulement dans le sanctuaire du studio d'Eva !

— C'est bien cela, répondit cette dernière. Le lundi soir, le restaurant est fermé. Donc nous pouvons faire autant de bruit que nous voulons.

Emily étouffa une protestation. Il était hors de question qu'elle se produise en public – à plus forte raison si Alejandro était susceptible de faire partie de l'assistance.

La contraction de ses mâchoires avait dû révéler ses sentiments, car Eva déclara :

— Tu peux te contenter d'observer, Emily, si tu n'oses pas participer. Allons-y, maintenant !

Fort heureusement, lorsque la petite troupe gagna la cour de la bodega, il n'y avait pas trace d'Alejandro. Ce qui ne décida pas pour autant Emily à se joindre aux danseurs. Se réfugiant au bar, elle commanda un soda.

— *Hola !*

Dans son dos, la voix mâle n'était pas celle d'Alejandro.

— Vous ne dansez pas ? questionna l'homme.

— Peut-être tout à l'heure, répondit Emily. Je sors juste du travail.

— Puis-je vous offrir à boire ?

— Non, je vous remercie.

Cela ne suffit pas à décourager le nouveau venu – lequel déclara se prénommer Fernando. Il était manifestement décidé à engager la conversation.

En toute honnêteté, Emily se devait d'admettre qu'elle aurait été passablement émoustillée – quoiqu'un peu embarrassée – si ledit Fernando avait entrepris de la draguer aussi ouvertement quelques semaines plus tôt. Aujourd'hui, pourtant, elle était comme anesthésiée.

L'homme rapprocha son tabouret du sien, en la félicitant pour sa tenue.

— J'adore qu'une femme porte des couleurs vives ! s'exclama-t-il.

Emily abaissa les yeux sur sa tenue bricolée à la hâte. Tout à coup son décolleté lui paraissait bien trop profond. Ces vêtements lui ressemblaient si peu ! Tout comme le fait d'être assise sur un tabouret de bar, à côté d'un parfait inconnu.

Soudain, Alejandro fit son apparition à l'autre bout de la cour, et l'amour-propre d'Emily fut ragaillardi à l'idée qu'il ne la trouverait pas seule au bar.

Portant sous le bras une grande boîte plate, immaculée, Alejandro traversait la cour d'un pas décidé, en direction de son domicile. Il n'était pas d'humeur à se laisser arrêter au passage par quelque importun.

Brusquement, une crinière blonde retint son attention, et il jeta un coup d'œil en direction du bar. Ce fut comme s'il recevait un coup de poing à l'estomac. Le ravissant visage d'Emily était tourné vers un admirateur qu'elle contemplait avec fascination. Que diable se passait-il ?

D'accord, ce n'étaient pas ses affaires – quand bien même il avait failli en être autrement ! Cependant, la boîte alla atterrir sur une table proche, et Alejandro fit signe au barman de lui apporter son apéritif habituel, avant de s'asseoir.

— *Gracias*, fit-il lorsque le serveur posa le verre devant lui, sans parvenir à détacher son regard d'Emily et son nouvel *ami*.

Penchée pour ne pas perdre une miette de ce que lui disait ce dernier, elle semblait avoir jeté aux orties son inaltérable sérieux, et appris à s'esclaffer. Car c'était ce qu'elle ne cessait de faire, rejetant la tête en arrière, à la moindre remarque de ce Fernando, dont Alejandro n'ignorait pas qu'il était tout sauf spirituel.

Ma parole, elle flirtait de façon éhontée !

N'y tenant plus, Alejandro se leva et rejoignit le couple.

— Emily ?

Sur son épaule, Emily perçut la petite tape d'Alejandro.

— Est-ce que vous avez une minute à m'accorder ?

— Je suis occupée par mon cours de danse, répondit-elle.

Les yeux sombres lançaient des éclairs, et quand bien même Alejandro était revenu à un vouvoiement très formel, il était clair que son intervention n'était pas d'ordre professionnel.

— Que je sache, vous n'êtes pas en train de danser, répliqua-t-il d'un ton acerbe. Je ne demande que quelques minutes de votre temps si précieux.

Sur le point d'objecter qu'elle ne voyait pas la nécessité d'effectuer des heures supplémentaires, Emily se mordit la lèvre, dissuadée par l'expression sinistre d'Alejandro.

— Excusez-moi un instant, dit-elle à l'intention du très vaniteux Fernando, lequel s'admirait dans le miroir du bar.

Emboîtant le pas à Alejandro, Emily le suivit jusqu'à sa table.

Mais au lieu de s'y installer il ramassa la longue boîte qui y était posée, et désigna du doigt le portail de sa résidence.

— En privé, grommela-t-il.

D'un doigt nerveux, il entra le code sur le boîtier commandant l'ouverture, adressant à Emily un sourire crispé. Mais tout effort de civilité de sa part s'évanouit dès qu'il eut refermé derrière eux.

— À quoi est-ce que tu joues ? siffla-t-il.

— De quoi parles-tu ?

— Ne fais pas l'innocente ! Fernando et toi étiez pratiquement dans les bras l'un de l'autre.

— On bavardait ! D'ailleurs, je trouve très agréable de m'entretenir avec un homme manifestement attiré par moi.

— Fernando n'est qu'un coureur !

— Je ne vois pas en quoi cela te regarde. Tu m'as clairement signifié que je ne t'intéressais pas.

La prenant par le bras, Alejandro se mit à la secouer comme s'il espérait la faire revenir à la raison.

— Alors, tu tiens tellement à perdre ta virginité ? siffla-t-il sans s'embarrasser de circonlocutions.

— Va au diable !

Sans davantage se soucier de savoir si cette exhortation serait suivie d'effet, Emily ouvrit le portail d'un geste brusque et regagna la cour, Alejandro sur ses talons. Elle retourna s'asseoir au bar, tandis qu'il retrouvait sa table.

Quel imbécile arrogant ! s'indigna Emily *in petto.*

— Que voulait-il ? s'enquit Fernando.

— Juste parler boulot, répondit Emily.

— Vous buvez autre chose ?

— Non, je vous remercie. Je suis fatiguée. Je vais me coucher.

Descendant de son tabouret, elle se tourna vers la table d'Alejandro, constatant qu'il s'était lassé de la voir mener ce jeu stupide avec Fernando.

Bon sang, je suis pathétique ! se désola Emily en son for intérieur.

D'un pas pressé, elle se hâta vers le refuge de son appartement, les larmes aux yeux. Elle était sur le point d'ouvrir sa porte d'entrée lorsqu'elle se tourna vers celle d'Alejandro. Ne méritait-il pas des excuses ? se demanda-t-elle sans être certaine d'en avoir le courage.

Alejandro s'était servi un verre, et il luttait contre une furieuse envie de retourner dans la cour pour arracher Emily des pattes de ce sale type. Sauf que ce n'étaient pas ses affaires, comme elle le lui avait fait si justement remarquer.

Il en était là de ses réflexions, lorsqu'un coup timide fut frappé à sa porte. Ce qu'il découvrit, en l'ouvrant, finit de faire fondre la gangue de glace enrobant habituellement son cœur.

Tremblant de tous ses membres, Emily semblait prête à fondre en larmes. Son visage était cramoisi, et elle évitait le regard d'Alejandro.

Ce fut lui qui prit la parole en premier :

— Emily, je te demande pardon. Je t'ai fait une scène ridicule. Tu as tout à fait le droit de...

S'interrompant, il leva les mains dans un geste d'impuissance, incapable qu'il était de prononcer les mots « flirter avec qui bon te semble ».

— Je sais simplement que Fernando n'est jamais qu'un coureur, ajouta-t-il.

— Alejandro..., j'essayais juste... de te rendre jaloux.

— Ce n'était pas très raisonnable, dit-il d'une voix douce.

— Je sais.

Un instant, Alejandro fut tenté de sermonner Emily. Puis, il prit conscience qu'il était bien mal placé pour lui faire la leçon.

— À vrai dire, tu as parfaitement réussi, se contenta-t-il d'avouer.

Confuse, mais heureuse qu'Alejandro réagisse avec autant d'indulgence, Emily leva les yeux vers lui.

— Mais ne me refais jamais cela, reprit-il sur un ton de mise en garde enjouée. Sinon, cela risquerait de ne pas se terminer aussi bien, la prochaine fois.

— Je te demande pardon, soupira Emily. Et je n'oublierai pas cet avertissement.

Alors, se rappelant qu'elle n'avait frappé chez Alejandro pour rien d'autre que cette mise au point, elle pivota sur ses talons et se tourna de nouveau vers sa porte d'entrée.

— Hé, Emily ? entendit-elle dans son dos.

— Quoi ? lança-t-elle par-dessus son épaule.

— Pourquoi n'ai-je pas droit à ce que tu flirtes aussi avec moi ? Tu pourrais entrer un moment, non ?

Toujours sans se retourner, Emily décida d'être honnête.

— Je ne le ferai pas, dit-elle, car je sais que tu ne veux pas de moi. Et cela me fait trop mal.

— Arrête ! Ce n'est pas vrai, et tu en es bien consciente.

Laissant la porte ouverte, Alejandro rebroussa chemin, donnant à Emily le choix de le suivre ou pas.

Lorsqu'elle se décida à entrer, elle fut terriblement surprise que ce ne soit pas dans un vestibule, mais directement dans une vaste pièce à la décoration fascinante.

Sur les murs blancs étaient accrochées des tentures anciennes, ainsi que des instruments de musique et diverses œuvres d'art. De-ci de-là, on avait disposé des sculptures, et l'ensemble donnait l'impression d'une véritable caverne d'Ali Baba à l'élégance feutrée. Deux canapés en cuir se faisaient face, et Emily se posa au bord de l'un d'eux. Sa tenue aux coloris criards lui paraissait tout à fait déplacée dans un environnement aussi raffiné.

— Je repensais à notre discussion de ce matin, déclara Alejandro tout à trac. Franchement, je ne vois pas pourquoi Eva te reproche ton sérieux. Dès l'instant où je t'ai rencontrée, je t'ai toujours vue sourire.

— En règle générale, je suis plutôt du genre sévère, rétorqua Emily. Enfin, quand je ne me mets pas en tête de draguer désespérément un inconnu ...

Alejandro éclata de rire.

— Je ne demande qu'à passer du temps avec toi, dit-il en retrouvant son sérieux. Mais il faut que tu comprennes que je ne tiens pas à nouer de relation amoureuse. Crois-moi, si tu cherches davantage que coucher avec un homme, alors je ne suis pas celui qu'il te faut.

— Bien sûr que si, *tu l'es* !

En frissonnant, Emily réalisa qu'elle avait lâché cela sur un ton bien trop impatient.

— Ce que je veux dire..., reprit-elle, c'est que je ne cherche rien d'autre qu'une liaison charnelle. Et je préférerais que ce soit avec toi.

— Et il n'y aurait ni cris ni larmes à la fin ? Comme je te l'ai dit..., une rupture ne devrait pas être compliquée.

— Je sais ! C'est juste que... Avant toi, je ne savais même pas ce que c'était d'embrasser et être embrassée. Je ne supporte plus l'idée d'être encore vierge à mon âge. Surtout après avoir été prétendument fiancée pendant plusieurs années... On dirait que je suis une sorte de... de monstre de foire !

Emily leva le regard vers les prunelles sombres qui la fixaient comme si elles étaient capables de lire en elle. Cet homme la poussait à exprimer ce qu'elle n'avait jamais formulé devant personne, même pas sa meilleure amie.

— D'ailleurs, toi-même, ça t'a arrêté, ajouta-t-elle.

— Disons que ça m'a fait hésiter...

— S'il te plaît, ne me raconte pas d'histoires !

— D'accord, ça m'a effectivement... rebuté, admit Alejandro. Cela n'empêche pas que je te désire, Emily. Sauf que lorsque tu m'as avoué n'avoir jamais connu d'homme, cela m'a paru trop lourd à porter. Je me suis dit que si tu avais attendu si longtemps, il fallait que tu sois vraiment sûre de...

— Tu sais quoi ? l'interrompit Emily en plantant son regard dans les yeux bruns. La vérité, c'est juste que tu me plais, Alejandro Romero !

Elle marqua une pause, étonnée par sa propre audace. Jamais elle n'avait montré pareil courage. Ni en acceptant ce travail à Jerez, ni en prenant des cours de flamenco. Ni même en venant frapper à la porte d'Alejandro pour reconnaître qu'elle s'était comportée comme une imbécile.

— Je trimballe tout un tas de complexes, reprit-elle. Bizarrement, avec toi, je parviens à les oublier. Peut-être est-ce justement parce qu'il ne peut rien y avoir de durable entre nous ?

Pour autant qu'elle sente son visage en feu, Emily était certaine qu'elle n'aurait jamais pu tenir de tels propos avec qui que ce soit d'autre qu'Alejandro. Prenant une grande inspiration, elle poursuivit :

— Je ne *veux plus* être vierge ! Je refuse qu'un type me dise encore qu'après avoir attendu aussi longtemps, il faut que je sois « vraiment sûre ». Comme si j'étais incapable de savoir ce que je veux !

Alejandro grimaça.

— Hé..., fit-il, j'ai juste dit ça parce que...

— Eh bien, évite de le répéter ! Parce que, *oui*, je suis sûre de moi. Ce que je ressens est purement physique. D'accord, j'ai envie de toi, mais ça ne signifie pas que je vais tomber amoureuse. J'ai bien conscience que ce que tu me proposes est juste charnel. Et ça me va ! Tout ce que je veux, c'est faire l'amour avec un homme qui me plaît – un homme que je désire.

— Donc, je n'ai pas besoin de te répéter que je suis capable de me comporter comme un véritable goujat ?

— Exactement ! Pour ma part, je ne m'intéresserai à aucun autre homme que toi tant que notre aventure durera. Comme les cigognes.

— C'est une règle qui me convient tout à fait.

Au moins, songea Emily, il y avait un point sur lesquels ils s'accordaient.

— Une autre condition à laquelle je tiens, reprit Alejandro, c'est la discrétion. Personne ne doit savoir ce qu'il y a entre nous. En public, nous continuerons à user du vouvoiement.

Emily plissa les paupières. Elle préférait être sûre des véritables raisons pour lesquelles Alejandro tenait tant à ce principe. Aussi questionna-t-elle :

— Tu m'as pourtant dit qu'il n'y avait plus *rien* entre Mariana et toi, non ?

— C'est exact. Cela dit, je préfère éviter les commérages au boulot.

Après quelques secondes de pause, Alejandro ajouta :

— Si tu connais ma réputation de cavaleur, qu'est-ce que tu fais là ?

Pour toute réponse, Emily se contenta d'un petit haussement d'épaules. Sa belle témérité commençait à s'effriter. Les choses lui avaient semblé plus faciles lorsqu'ils étaient dans les vignes. Assise sur ce canapé, dans le salon du superbe appartement, elle avait un peu l'impression de se retrouver dans la salle d'attente d'un cabinet médical, à attendre son tour.

Elle était clairement sur les nerfs, mais il lui paraissait essentiel de n'en rien laisser soupçonner. Surtout quand Alejandro vint s'asseoir à côté d'elle.

— Pourquoi n'es-tu pas montée sur la scène, avec les autres, ce soir ? s'enquit-il. Tu étais pourtant impatiente à l'idée de ce *jaleo*, non ?

— Oui, mais je pensais que cela se tiendrait dans le studio de danse, et non en public. J'avais peur d'être ridicule. Je ne suis pas très douée. Eva ne cesse de me répéter que je suis aussi raide qu'un piquet.

Alejandro se leva et alla chercher la longue boîte blanche posée sur une table.

— Peut-être que ceci t'aiderait, dit-il en revenant près d'elle. C'est un cadeau ... Ouvre-le.

Sous le couvercle, Emily dut écarter plusieurs épaisseurs de papier de soie avant de découvrir une paire de chaussures de flamenco noires – le genre conçues pour des professionnels.

— Alejandro ! s'exclama-t-elle. Comment est-ce que tu as su ma pointure ?

— Je m'en suis remis à Eva. Et elle m'a promis de garder le secret.

— Mais pourquoi m'offrir ça ?

— Simplement parce que j'avais envie de te faire plaisir. Je n'ai jamais rencontré une femme aussi forte que toi, Emily. Tu as eu le courage de quitter ton pays pour travailler ici. Tu es en train de monter ta propre entreprise. Tu oses prendre des cours de danse...

Jamais personne n'avait dit à Emily qu'elle était forte. Pour un peu, elle se serait demandé si Alejandro se moquait. Pourtant, il paraissait des plus sérieux.

La boîte semblait contenir encore plusieurs choses, aussi reprit-elle son exploration. Il y avait un tube de rouge à lèvres, dans un étui doré, et sous une nouvelle couche de papier fin, un tissu soyeux qui l'intrigua.

— Qu'est-ce que c'est ? interrogea-t-elle.

— Une robe de danseuse. Va l'essayer.

— Je ne peux pas porter ça, protesta Emily en tenant devant elle la robe à la coupe épurée, à l'étoffe impalpable. Je vais être ridicule.

Un froncement de sourcils trahit l'agacement d'Alejandro.

— Pourquoi dis-tu cela ? s'insurgea-t-il. Va te changer ! Ce soir, c'est toi et moi qui ferons notre propre *jaleo*.

— Tu sais jouer de la guitare ?

— Seigneur, non !

En souriant, Alejandro se leva et alla placer un disque vinyle sur une platine. Le son des guitares emplit la pièce.

— Tu peux te changer dans ma chambre, ajouta-t-il.

Au bout du long couloir, la porte était ouverte sur une pièce à l'éclairage tamisé. L'air embaumait le parfum d'Alejandro. En étant seule dans ce lieu, Emily avait la curieuse impression de violer un espace privé.

Un coup d'œil en direction du vaste lit, tendu de blanc, la terrifia. Mais lorsqu'elle reporta son attention sur le miroir en pied, ce qu'elle y vit la plongea dans un effroi encore plus grand. La jupe violette et le corsage décolleté donnaient l'impression qu'elle avait dévalisé l'atelier de costumes de quelque troupe de théâtre amateur. Et une fois qu'elle se fut débarrassée de ces oripeaux, la nature de ses sous-vêtements ne lui apporta pas le moindre réconfort, tant ils étaient beaucoup trop sages pour être portés sous une toilette aussi sophistiquée.

Ce fut sans la moindre illusion qu'Emily enfila la robe. Pourtant, elle dut reconnaître qu'elle épousait son corps comme une seconde peau. Le décolleté était bien trop profond pour masquer son soutien-gorge. Quant à sa culotte, elle était affreusement visible sous la soie. Mieux valait se débarrasser de tout cela. Ce qu'Emily fit sans plus d'hésitation.

Lorsqu'elle contempla à nouveau son image, elle eut l'impression qu'elle aurait aussi bien pu être nue. Ses tétons pointaient sous l'étoffe, si fine qu'elle révélait même son nombril. Mais, pour autant qu'elle moule étroitement ses formes, elle donnait un galbe parfait à sa poitrine et son ventre, ainsi qu'à ses cuisses et son postérieur.

Une fois qu'elle eut enfilé les superbes chaussures noires, Emily se planta à nouveau devant son reflet.

Seigneur, cette tenue était bien trop sexy ! songea-t-elle. Cette fois, c'était le vestiaire d'un opéra huppé qu'elle semblait avoir pillé.

À cette pensée, elle étouffa un petit rire. Puis, prenant le bâton de rouge à lèvres, elle maquilla sa bouche.

Lorsqu'elle regagna le salon, Alejandro avait ôté veste et cravate, et il avait remplacé ses chaussures par le genre de bottines à talon des danseurs de flamenco.

Mais, surtout, il fixait sur Emily un regard que personne, jamais, n'avait posé sur elle.

— Approche-toi, souffla-t-il.

Pendant quelques interminables secondes, Alejandro demeura comme hypnotisé par sa poitrine. À un point tel qu'Emily sentit ses seins devenir douloureux, et elle dut lutter contre la tentation d'y passer la main. Lorsque le regard de braise descendit vers son ventre, elle songea qu'il était trop tard pour le rentrer.

— Tu es superbe..., souffla-t-il.

Emily tremblait d'excitation. Heureusement, la fraîcheur du tissu était un soulagement pour son épiderme brûlant.

— Soulève l'ourlet de la robe, ordonna Alejandro.

— Mais je ne porte pas de culotte, protesta Emily.

Le rire de gorge qu'il laissa échapper était terriblement sexy.

— Je veux dire d'un côté, expliqua-t-il. Je ne te demande pas de jouer les exhibitionnistes.

Cette remarque eut pour effet de faire pouffer Emily, ce qui aida à ce qu'elle se détende.

S'inclinant, elle obtempéra, prenant un côté de la jupe entre deux doigts et le soulevant. Le tissu se déploya. Cette robe était vraiment incroyable.

— Dansez pour moi, *señorita* ! souffla Alejandro.

Puis, il frappa du talon et tapa dans ses mains – des claquements de *palmas*. Deux, puis trois coups secs dont Emily eut l'impression qu'ils la transperçaient de part en part, telles des flèches de désir.

Elle y répondit en ondulant du bassin. Et lorsque Alejandro la gratifia d'un sourire approbateur, Emily eut le sentiment qu'elle savait enfin danser.

Mais peut-être était-ce seulement devant *lui*...

Avec un balancement de hanches sensuel, elle s'avança, accompagnant les mouvements de la robe qu'elle soulevait. Elle se moquait bien de savoir si elle était véritablement sexy. L'important, c'était que le regard d'Alejandro lui donnait le sentiment de l'être. Il continuait à taper du pied, en rythme avec les guitares et les voix d'hommes. S'accordant à cette cadence, Emily se laissa aller à davantage de frénésie.

Alejandro était debout, et elle entreprit de danser autour de lui. Dans son regard, elle sentait monter l'excitation.

Comme s'il n'y tenait plus, il captura sa bouche. Malgré ses baisers brûlants, Emily persistait à suivre la musique. C'était à peine si le corps souple d'Alejandro se mouvait, mais chacun de ses piétinements, chaque battement de mains, l'encourageait à continuer de tournoyer autour de lui.

Lorsqu'il la prit par la taille, Emily sentit la chaleur de sa paume à travers la robe. Ils n'étaient plus que deux corps, dansant l'un avec l'autre, à la fois séparés et si proches.

Alejandro l'enserra de ses bras, la plaquant dos à lui, et Emily demeura immobile, haletante, tandis qu'il embrassait son cou. Il avait soudé sa bouche là où elle savait qu'on sentait palpiter son pouls, juste sous la peau.

Elle ferma les yeux quand il la serra plus étroitement contre lui, se délectant de la caresse des lèvres chaudes balayant sa nuque, de la pression des grandes mains sur ses seins.

— Qui a dit que tu étais raide ? murmura-t-il en la faisant pivoter aussi facilement que si le sol tournait sous ses pieds.

Emily était maintenant face à Alejandro, et il prit sa bouche avec une passion dévorante. La musique n'avait pas cessé, et ils roulaient des hanches ensemble, l'un contre l'autre. D'un geste vif, Alejandro retira la ceinture de son pantalon, sans que sa langue n'interrompe le ballet effréné dans lequel il entraînait celle d'Emily. N'y tenant plus, elle s'agrippa aux pans de sa chemise qu'elle écarta brutalement.

Le désir submergeait Emily, lui faisant tourner la tête. Elle explora fébrilement le torse d'airain, puis les épaules et le ventre musclé.

De son côté, Alejandro avait repoussé les deux côtés de son décolleté, dégageant ses seins de leur gangue de soie. De sorte que lorsqu'ils recommencèrent à s'embrasser leurs bustes dénudés frottaient délicieusement l'un contre l'autre.

— Je pensais avoir le temps de t'entraîner jusque dans la chambre, murmura Alejandro entre deux baisers, la faisant asseoir sur le canapé.

Emily planta son regard dans le sien.

— Ne t'avais-je pas dit combien je te désire ? susurra-t-elle.

Était-ce l'assurance avec laquelle Emily avait dit cela qui la rendait à ce point désirable ? s'interrogea Alejandro. Ou bien le feu qui illuminait son regard ?

En tous les cas, il avait clairement conscience de s'écarter de ses règles habituelles. Mais à entendre le ton lascif de sa voix, à sentir l'impudeur avec laquelle elle lui léchait l'oreille, la fièvre qu'elle mettait à passer les mains sur ses pectoraux, il avait le sentiment de s'aventurer en terrain inconnu.

Enfin, pas tout à fait, car les seins ronds s'offraient aux caresses de sa bouche comme lorsqu'ils s'étaient retrouvés allongés entre les rangs de vigne.

Mais, ce soir, ils étaient tous deux au comble de l'excitation, et ils avaient la nuit devant eux.

Il fit glisser le corsage de la robe le long des bras d'Emily, de manière à la dénuder jusqu'à la taille. Puis, d'une main experte, il repoussa le vêtement le long des jambes fuselées, comme s'il la débarrassait d'une seconde peau, l'exposant totalement à son regard.

Maintenant, Emily n'avait plus sur elle que les superbes chaussures noires. Elle leva un pied, comme pour mieux les admirer et, ce faisant, dévoila son sexe rose et luisant. Lorsqu'elle avança une main pour s'en couvrir, Alejandro ne lui en laissa pas le temps. Il la saisit pour l'en empêcher. Puis, il lui attrapa la jambe et la posa sur son épaule. Elle passa une langue nerveuse sur ses lèvres, avant de lever son autre jambe d'un air provocant.

À genoux devant elle, Alejandro inclina la tête pour passer la langue sur l'intérieur de la cuisse offerte. Lorsqu'il en mordilla la chair, Emily se trémoussa comme pour lui faire lâcher prise. Mais elle cessa de résister à la seconde où il plaqua sa bouche au cœur de sa féminité.

Emily avait l'impression qu'il s'en fallait de peu qu'elle ne perde connaissance. Elle retomba en arrière sur les coussins du canapé, ballottée par les vagues successives de plaisir qui montaient en elle, et auxquelles elle s'efforçait de résister.

— Laisse-toi aller, lui enjoignit Alejandro.

— Non, pas encore, souffla-t-elle.

Car elle avait beau se délecter de la sensation de cette bouche brûlante, Emily ne parvenait pas à s'abandonner au plaisir tout en sachant que tant d'autres délices l'attendaient. Elle releva la tête pour braquer son regard sur la formidable érection. Alejandro dut percevoir un éclair d'appréhension dans ses yeux, car il se redressa sur ses genoux et lui prit la main pour la poser sur son sexe dressé.

— Oh ! Seigneur..., gémit-il.

— Ne t'arrête pas, supplia Emily. Je n'ai jamais rien connu de...

— Allons dans la chambre, murmura Alejandro dans son cou. Il y a des préservatifs dans le tiroir de la table de nuit.

— C'est inutile. Je prends la pilule.

Alejandro se redressa et son érection vint battre contre la cuisse d'Emily.

— Voyons, Emily ! grommela-t-il. Tu ne vas quand même pas avoir une relation non protégée avec un type que tu as ramassé dans une *taberna* !

— Mais je ne cours aucun risque, puisque ce type, c'est *toi* ! protesta-t-elle d'une voix voilée par le désir.

Pour rien au monde, elle n'aurait interrompu ce moment de parfaite félicité en changeant de lieu.

Certes, elle avait suffisamment conscience des réalités pour admettre que la mise en garde d'Alejandro n'était pas dénuée de fondement. Mais, quoi qu'il en soit, elle n'aurait pu vivre pareil moment avec un autre homme que lui.

Avec Alejandro, Emily n'avait pas la moindre hésitation à s'abandonner à la passion. Il n'y avait qu'avec lui qu'elle était capable de se comporter de la sorte.

Et puis, il était trop tard pour que l'un comme l'autre se soucient d'autre chose que de la satisfaction de leur désir mutuel.

Le disque était arrivé à son terme, et l'aiguille faisait entendre de petits grincements à chaque tour de platine.

Alejandro abaissa son regard vers le sexe offert d'Emily, luisant de sa propre salive et de la moiteur qu'y mettait l'excitation contre laquelle elle avait cessé de lutter. Il en inhala le parfum entêtant. Sa saveur avait failli lui faire perdre le contrôle de lui-même. Il mourait d'envie de la pénétrer. C'était un besoin impérieux, qui lui faisait presque oublier ses obligations. Certes, il tenait à être certain qu'Emily prenait davantage de plaisir qu'elle n'endurait de souffrance, mais il était aussi taraudé par l'envie d'être en elle.

Il insinua doucement son membre entre les pétales humides, et vit frémir la chair pâle des cuisses ouvertes. Lorsqu'il poussa plus avant, un petit gémissement monta des lèvres d'Emily.

Ce n'était pas la perspective d'avoir mal qui terrifiait Emily. Plutôt l'idée qu'Alejandro puisse s'arrêter...

Un instant, il titilla son clitoris de la pointe de l'index, avant de le glisser en elle. Comme s'il jouait avec l'idée de la faire jouir ainsi. Puis, il se redressa et vint prendre sa bouche.

Emily avait besoin de ces baisers comme de l'oxygène qu'on respire. Cependant, elle détourna la tête en sentant le membre puissant s'introduire davantage en elle.

Il y eut un moment de douleur, et elle s'efforça de retenir le gémissement que cela avait failli lui arracher.

— Oh ! Seigneur..., ne put-elle cependant s'empêcher de lâcher en serrant les paupières.

— Emily !

Cette interjection angoissée suffit à lui faire rouvrir les yeux. D'une main Alejandro lui caressa le visage. Dans l'autre, il tenait son long sexe gonflé.

Ils gardèrent leurs regards rivés l'un à l'autre, tandis qu'Alejandro la pénétrait lentement, laissant échapper un petit soupir lorsqu'il sentit la fragile barrière. Un sanglot monta de la gorge d'Emily – il exprimait autant le plaisir que la douleur.

— Oh ! Alejandro..., souffla-t-elle.

Cramponnée à son dos, fermant les yeux, Emily s'efforça de s'habituer à sentir Alejandro bouger en elle.

Lorsqu'il entreprit un lent va-et-vient, les larmes lui montèrent aux paupières. Mordant sa lèvre inférieure, elle creusa les reins sous l'effet de ces sensations entièrement nouvelles.

Emily ignorait comment accompagner le rythme que lui imposait Alejandro. Cependant, il la savait innocente et ne pouvait compter sur son savoir-faire. Aussi abdiqua-t-elle devant le sien.

Posant les mains sur ses cuisses, il les écarta davantage, et elle cria lorsqu'il plongea plus profondément en elle. Emily avait l'impression que tout son corps se consumait.

— *Oui*..., murmura-t-elle, sans trop savoir à quoi elle acquiesçait.

Tout ce qu'elle savait, c'était que ce qu'elle était en train de vivre était exactement ce qu'elle désirait.

— Oui, Alex..., redit-elle.

Jamais Emily n'avait employé ce diminutif dans sa propre langue, en s'adressant à Alejandro. Mais toutes ses inhibitions semblaient s'envoler, tandis qu'elle le suppliait de lui offrir encore davantage de cet enchantement inouï.

Il plongeait de plus en plus profondément en elle, de plus en plus vite, et Emily s'émerveilla qu'il possède une telle maîtrise de lui-même. Tout en continuant à lui tenir les cuisses écartées, Alejandro intensifia le rythme de ses assauts. Jusqu'au moment où il posa les avant-bras de chaque côté de la tête d'Emily et accéléra la cadence.

Mâchoires crispées, elle était incapable de proférer autre chose que des plaintes impatientes.

Elle ondulait sous le poids du grand corps qui la clouait aux coussins du canapé, et finit par s'abandonner complètement au plaisir qui la submergeait, succombant aux vagues successives montant en elle.

Le rugissement soudain d'Alejandro, la façon dont il se figea brusquement avant de jouir profondément en elle, mirent le comble aux sensations qui envahissaient Emily, et elle lança une ultime plainte rauque.

C'était un cri provoqué ni par la douleur, ni par le regret. Juste par la jouissance.

Quant à ses larmes qui continuaient à couler, Emily n'en avait cure. N'étaient-elles pas normales, après la tempête d'émotions qu'elle venait de traverser ?

— Hé..., lâcha Alejandro en la soulevant dans ses bras pour l'emporter enfin jusqu'à son lit.

Un lit qui, cette fois, n'intimidait plus Emily.

9

Emily était bel et bien en train de tomber amoureuse. Oh ! pas d'Alejandro, non ! C'était quelque chose qu'elle s'interdisait farouchement pour ne pas déroger à leur accord. Au lieu de cela, elle s'abandonnait complètement à la fascination que cette ville et ce pays exerçaient sur elle.

Elle adorait tout ce qui était si nouveau pour elle : la nourriture, l'atmosphère survoltée, la façon dont les gens se mettaient spontanément à chanter ou jouer de la musique.

Et puis, il y avait les cours de flamenco auxquels elle prenait de plus en plus de plaisir, même si Eva ne cessait de lui répéter qu'elle devait sourire davantage.

— *Aflojate* ! lui intimait-elle. Détends-toi ! Et souris ! Exprime tes sentiments. Tu es heureuse, non ?

— Oui !

C'était sans la moindre hésitation qu'Emily avait répondu. Car, après seulement deux semaines en compagnie d'Alejandro, elle ne s'était jamais sentie aussi heureuse.

N'avait-elle pas obtenu ce qu'elle cherchait ? Une idylle sans lendemain, une aventure éphémère – quelque chose comme un flirt de vacances, certes un peu plus poussé.

— Lève le menton ! ordonna Eva. Montre que tu as confiance en toi.

Emily obtempéra. Il était vrai que cette danse lui permettait de se sentir plus forte, d'exprimer ses émotions, d'avoir davantage d'audace. Même hors du studio d'Eva.

— Est-ce que je peux te poser une question ? demanda-t-elle à Alejandro, ce même soir, alors qu'ils étaient allongés côte à côte.

— Je t'écoute.

— Pourquoi te méfies-tu autant des relations amoureuses ?

Il demeura pensif quelques secondes, puis répondit :

— Je refuse que mon bonheur dépende d'une seule personne. On ne peut jamais faire entièrement confiance à quelqu'un. Regarde, ce qu'il s'est passé avec ton fiancé…

Il avait tourné la tête sur l'oreiller et observait Emily.

— Il n'y a jamais eu véritablement d'amour entre lui et moi, protesta-t-elle. Au début, notre relation me permettait d'échapper aux soucis que me donnait la santé de mon père. Et puis, à sa mort, le soutien que Gordon m'a apporté m'a fait croire que j'étais amoureuse de lui. Je sais que c'était faux.

— Pourtant, tu es restée avec lui.

— Oui. Cela paraît lâche, mais je me sentais tellement perdue, sans mes parents.

— Je ne te critique pas. Il n'y a pas de honte à choisir la sécurité. C'est ce que font la plupart des gens. Les choses sont bien différentes dans un couple complètement chaotique…

— Tu veux parler de tes parents ?

— Oui. Entre eux, ce n'était qu'une succession de scènes. Mon père hurlait, ma mère faisait ses valises, Carmen pleurait, Sebastiàn faisait la tête…

— Et toi, que faisais-tu ?

Alejandro esquissa un petit sourire crispé.

— Je demandais à ma mère de m'emmener en tournée avec elle, répondit-il. Mais ce n'était jamais le bon moment. Elle promettait que ce serait pour la fois suivante. Puis, elle agitait l'index devant moi, comme ça…

Il pointa le doigt vers Emily, et ajouta :

— Il fallait que je sois « raisonnable », disait-elle.

Les nuits d'Emily et Alejandro étaient un mélange de délicieuse intimité et de sexe débridé. Pendant la journée, cependant, ils se cantonnaient à la plus parfaite réserve. Une règle à laquelle Alejandro semblait se plier bien plus aisément qu'elle-même, se disait Emily.

Son cœur faisait un bond chaque fois qu'elle le croisait. Il lui était tellement difficile d'observer cette discrétion !

Comme en cet instant où ils étaient en visioconférence, et où elle ne pouvait s'empêcher d'afficher un sourire radieux. Un instant, elle se demanda si elle avait bien actionné la caméra, tant Alejandro lui opposait une expression impassible. Elle comprit la raison de ce visage de marbre, lorsque celui de Sebastián apparut sur l'écran.

— Emilia..., commença ce dernier.

— Emily, corrigea-t-elle nerveusement.

Puis, elle s'obligea à afficher de nouveau un large sourire – faux, cette fois –, pour que l'aîné des Romero ne se doute pas que c'était à son cadet qu'elle l'avait destiné.

Apparemment, le clan appréciait le travail qu'elle avait présenté à ce jour. Sebastián, cependant, insista pour qu'elle mette davantage en avant le produit. Le site ne devait pas ressembler à un guide touristique, recommanda-t-il.

Ce à quoi Emily acquiesça avec vigueur, tout en se permettant de regretter :

— Il est juste dommage que je n'aie pas encore pu prendre des photos de Carmen, lors d'une séance de dressage. C'est ce qu'il me manque pour finaliser le projet.

— Alejandro aurait dû organiser cette rencontre, déclara Sebastián, manifestement agacé.

En dépit de plusieurs allusions, Emily n'avait jamais obtenu qu'Alejandro lui présente sa jeune sœur – sans qu'elle ne comprenne bien pourquoi.

— Carmen n'est pas vraiment d'humeur sociable, en ce moment, expliqua celui-ci.

— Peut-être, mais rappelle-lui que le site doit être opérationnel dans une dizaine de jours, objecta sèchement Sebastián.

— Ce sera fait.

Après un hochement de tête en direction de son frère, Alejandro s'adressa à Emily.

— Maintenant, si vous n'avez pas d'autres questions, Emily, j'aimerais m'entretenir avec Sebastián. Merci pour votre participation.

La façon dont il avait congédié Emily était un peu trop brusque, et Alejandro se le reprocha, tout en se disant qu'il n'avait d'autre choix que d'agir ainsi s'il ne voulait pas que son frère se doute de quelque chose.

Les langues allaient déjà bon train, et il était urgent qu'il mette un terme aux commérages. Et cela n'avait pas pour objectif d'épargner Mariana. Alejandro savait que si sa famille découvrait sa liaison avec Emily, ce serait le début d'un psychodrame. C'était *elle*, qu'il s'efforçait de protéger.

De même qu'il tenait à préserver les quelques jours leur restant à passer ensemble. Pour cela, le secret était primordial.

Alejandro n'ignorait pas, néanmoins, qu'Emily commençait à prendre ombrage d'être ainsi cachée aux yeux du monde. Très récemment, elle avait même suggéré qu'il puisse avoir honte d'elle. Ce qui n'avait fait que déclencher l'hilarité d'Alejandro, tant elle était loin du compte.

— Pourquoi n'as-tu pas encore présenté Emily à Carmen ? insista Sebastián.

— J'allais le faire, rétorqua Alejandro.

Il appela son assistante pour lui demander de joindre cette dernière afin qu'elle se connecte. Il restait encore un point essentiel dont il lui fallait s'entretenir avec son frère et sa sœur.

Lorsque tous trois furent en ligne, Alejandro déclara :

— Je suis d'accord avec *padre* pour que notre mère continue à incarner l'image des xérès Romero. J'ai également demandé à Emily de la faire apparaître sur le site. Cela n'aurait aucun sens de la rayer de l'histoire familiale.

Sebastián affichait une mine sombre, et Carmen éclata en sanglots.

— Il s'agit simplement de respecter le souhait de notre père, poursuivit Alejandro. De plus, je ne vois pas ce qui vous bouleverse tant à la simple idée que Maria ne disparaisse pas complètement du paysage !

— Il n'y a pas que cela ! tempêta Carmen. Elle n'arrête pas de lui rendre visite. Je suis sûre qu'elle en a après sa fortune.

— Tu sembles oublier qu'il n'a jamais cessé de l'aimer. Et puis, notre mère est l'une des plus célèbres danseuses de flamenco au monde. Elle a beau avoir la cinquantaine, tous ses spectacles font le plein. Elle n'a pas besoin de l'argent de José.

Sebastián était resté muet durant cet échange, mais il finit par intervenir.

— Quand notre père ne sera plus là, la donne changera, Alejandro, dit-il. Nous serons deux contre toi. Et puisque tu es si soucieux de respecter ses souhaits, qu'en est-il de ton mariage avec Mariana ? As-tu fixé une date ?

Alejandro préféra éluder.

— Je vais voir *padre* cet après-midi, dit-il. Je l'informerai de ma décision de soutenir sa volonté. En même temps, j'en profiterai pour parler à son chirurgien.

L'avion atterrit à Madrid en fin d'après-midi, et la soirée était déjà bien avancée lorsque Alejandro pénétra dans la chambre de son père, après s'être entretenu avec le chirurgien.

— Je ne veux pas d'une nouvelle opération, déclara José, à peine Alejandro s'était-il assis sur son lit.

Comme il paraissait fragile ! s'étonna Alejandro. Cependant, ce constat ne le dissuada pas de faire preuve de franchise.

— La seule possibilité de traitement consisterait en une opération, dit-il. Pourquoi renonces-tu à te battre, *padre* ?

José se contenta de hausser les épaules.

— J'ai annoncé à Sebastián et Carmen que je me rangeais de ton côté pour ce qui est de conserver Maria sur l'étiquette et le nouveau site, enchaîna Alejandro.

— Qu'ont-ils dit ?

— Ils n'étaient pas ravis, tu t'en doutes. Mais tant que tu es là, ils ne peuvent pas grand-chose. Tu n'auras qu'à annoncer la bonne nouvelle à Maria quand elle viendra, tout à l'heure. Nous savons tous qu'elle te rend visite régulièrement.

Un petit rire accueillit cette remarque.

— Tu désapprouves ? interrogea José.

— Cela ne me regarde pas.

Alejandro leva les yeux au ciel. La relation entre ses parents avait toujours été pour le moins toxique... Et, quoi qu'en pensent son frère et sa sœur, leur père portait une aussi lourde responsabilité que leur mère dans la désunion de leur famille.

Ne sachant trop quoi dire, il se contenta de prendre la main de son père entre les siennes.

— Il serait temps que tu fixes la date de ton mariage, fils, reprit celui-ci.

Alejandro se leva d'un bond.

— Je n'épouserai pas Mariana, *padre*, dit-il. Je veux bien soutenir tes décisions, mais tu ne peux pas me dicter qui je dois prendre pour femme, ni quand.

— Enfin, Alejandro, je n'en ai plus pour longtemps, tu le sais ! Avant de partir, je veux être certain que l'avenir de notre bodega est assuré.

— Épargne-moi ce genre de discours, se révolta Alejandro. Si tu acceptais d'être opéré, tu ne serais plus à l'article de la mort. Et je refuse de me marier pour obéir à tes pseudo-dernières volontés. Tu ne me...

Il s'interrompit, car un visage qu'il n'avait pas vu depuis fort longtemps se montrait à la porte.

— Alejandro..., je ne savais pas que tu étais là.

Maria avait dit cela avec un petit sourire crispé.

— Effectivement, tu es rarement au courant de mes plans, rétorqua Alejandro. Mais j'allais partir. Je dois regagner Jerez ce soir même.

Et sans plus s'attarder Alejandro prit ses affaires et sortit. Ce soir, il ne resterait pas à l'hôtel comme cela lui arrivait souvent. La perspective de rentrer chez lui pour y retrouver Emily était trop tentante.

Emily entendit un coup léger frappé à sa porte. Il devait être environ minuit. Elle dut faire appel à toute la force de sa volonté pour rester allongée.

Ce n'était pas seulement en représailles pour sa froideur de l'après-midi qu'elle s'était couchée dans ce lit trop étroit pour y accueillir la large carrure d'Alejandro. En quittant son bureau, elle ne s'était pas sentie très bien. Aussi avait-elle décidé de rentrer directement chez elle.

Et puis, elle craignait de montrer à quel point il l'avait blessée, de devenir geignarde et de gâcher cette légèreté de leur relation à laquelle Alejandro tenait tant.

Il se dispensa de frapper une deuxième fois. Elle aurait dû en être soulagée, pourtant c'était tout le contraire.

Était-il porteur de mauvaises nouvelles, apprises à Madrid ?

Tout en se reprochant d'être si faible, Emily se leva et enfila le peignoir un peu défraîchi dont Alejandro se moquait invariablement. Connaissant le code d'accès à son appartement, elle n'eut pas besoin de frapper.

— Je suis désolé pour tout à l'heure, dit-il à peine fut-elle entrée. Je voulais juste que Sebastián ne se doute de rien.

Bien sûr ! songea Emily. Elle demeura silencieuse.

— Je suis allé rendre visite à mon père, reprit Alejandro.

— Je sais. Comment l'as-tu trouvé ?

— Aussi manipulateur qu'il sait l'être !

Pour ce qui était de montrer des talents de manipulateur, le fils n'était pas en reste, songea Emily. Car ce dernier était déjà en train de se dévêtir pour gagner l'immense lit.

Elle ne demandait rien d'autre que de l'y rejoindre. N'était-ce pas pour cela qu'elle avait fait taire sa fierté, ce soir ?

Mais elle oublia vite sa blessure d'orgueil, car la manière dont Alejandro la prit était quelque chose d'entièrement nouveau.

Ce fut avec une lenteur pleine de délicatesse qu'il la pénétra, lui tenant les bras au-dessus de la tête pour mieux la regarder prendre du plaisir.

— Alex..., souffla-t-elle.

Il la fit taire en dévorant sa bouche, tout en la pénétrant très doucement. Puis il marqua une pause pour déposer de tendres baisers sur ses paupières, sans cesser de plonger profondément en elle. Ensuite, il se mit à genoux et agrippa ses flancs, la conduisant progressivement vers l'extase.

La plainte sourde qu'il laissa échapper au moment où lui-même atteignait la jouissance trouva un écho dans le cri inarticulé d'Emily, emportée par un orgasme comme elle n'en avait encore jamais connu.

Jamais elle n'avait imaginé que l'acte sexuel puisse ressembler à cela.

N'était-ce pas ce qu'on appelait « faire l'amour » ?

10

— Hé, qu'est-ce que c'est que ça ? s'exclama Alejandro en voyant Emily monter l'escalier, chargée d'une grande boîte.

— C'est une poupée représentant une danseuse de flamenco, répondit Emily en souriant, tandis qu'elle ouvrait la porte de son petit appartement. Je l'ai achetée pour Willow.

— Ta filleule ?

— Oui.

Alejandro attrapa la boîte qu'elle venait de poser, et contempla le jouet à travers la cellophane du couvercle. Vêtue d'une robe de dentelle verte, les ongles peints en rouge, la poupée était plutôt tape-à-l'œil.

— Elle fait un peu froid dans le dos, observa-t-il.

— Willow a quatre ans. Elle va l'adorer.

Reposant l'objet, Alejandro se fit la réflexion qu'Emily couvrait sa filleule de cadeaux. Lui arrivait-il de penser à elle plutôt qu'aux autres ? s'interrogea-t-il *in petto*.

— Où vas-tu ainsi ? questionna Emily. Tu es bien élégant.

— J'ai un déjeuner d'affaires à Séville.

— Oh ! Pourtant, c'est le week-end…

Emily avait dit cela d'une voix crispée. Était-ce parce que ce week-end était son dernier à Jerez ?

Sur la table du petit séjour, sa valise était déjà installée. Alejandro cilla à cette vision qui lui rappelait les moments douloureux de son enfance.

Levant les yeux vers Emily, il vit qu'elle le regardait avec un sourire radieux. Désormais, il savait pertinemment qu'il était le seul à qui elle réservait pareille expression de bonheur.

— Est-ce que tu veux m'accompagner à Séville ? questionna-t-il tout à trac. Nous pourrions y passer la nuit ? Dîner dans un endroit agréable ?

Emily fut à deux doigts de faire remarquer que les endroits agréables ne manquaient pas à Jerez, sauf qu'Alejandro prenait bien garde à ne pas s'y montrer en sa compagnie.

Elle en avait plus qu'assez de la discrétion qu'il leur imposait.

— En m'attendant, tu pourrais faire un peu de shopping, suggéra Alejandro. J'ai un compte dans quelques boutiques.

Les noms qu'il égrena étaient ceux de créateurs prestigieux.

— Je peux me payer mes vêtements, merci ! protesta-t-elle.

— Ou alors, tu pourrais aller chez le coiffeur...

Ce n'était pas la première fois qu'Alejandro émettait pareille insinuation, et Emily esquissa une moue suffisamment expressive pour qu'il ajoute aussitôt :

— Ce qui te fera plaisir ! Mais si tu souhaites m'accompagner, il faudrait que nous nous dépêchions.

Il ne fallut que quelques instants à Emily pour préparer un léger bagage. Cependant, elle eut un peu de mal à choisir une tenue adéquate pour une soirée au restaurant.

Après tout, se dit-elle, un peu de shopping ne serait pas inutile.

Lorsqu'elle rejoignit Alejandro dans la voiture, il l'informa qu'il leur faudrait s'arrêter à l'école d'équitation de Carmen.

— Je dois y déposer des prospectus, expliqua-t-il.

— Ce serait l'occasion pour que je fasse sa connaissance, observa Emily. Je n'ai pas encore pu faire de photos d'elle.

— Une autre fois. Aujourd'hui, nous n'aurons pas le temps.

Un peu chagrinée, Emily se demanda si la rencontre avec l'insaisissable Carmen arriverait un jour. Mais elle préféra ne pas s'attarder sur le sujet.

— J'ai deux nouveaux clients, annonça-t-elle à Alejandro. L'un d'eux m'a même versé un acompte.

— Formidable !

Déposant un fugace baiser sur ses lèvres, Alejandro quitta la voiture qu'il avait garée dans la cour du centre équestre.

Il était entendu qu'Emily l'y attendrait, mais ce qu'elle voyait du bâtiment était bien trop beau pour qu'elle ne soit pas tentée d'aller jeter un coup d'œil.

La construction de couleur jaune moutarde, relevée par les encadrements blancs des fenêtres, était un enchantement !

Mais déjà Alejandro revenait, et il sourit en la voyant prendre des photos.

— Je n'ai pas pu résister, expliqua-t-elle.

Il s'avançait dans le soleil, l'étoffe fluide de son impeccable costume épousant ses longs membres à la perfection.

Dieu, qu'il était beau ! songea Emily.

Comme s'il avait vu qu'elle l'admirait, Alejandro ôta sa veste et la tint d'une main par-dessus son épaule en faisant mine d'arpenter le podium d'un défilé. Elle éclata de rire, tandis qu'il la gratifiait d'un clin d'œil appuyé.

— Vas-y, continue ! lança-t-elle, le mitraillant comme l'aurait fait un photographe de mode.

À son tour, Alejandro éclata de rire, et Emily fut secouée de tels hoquets qu'elle était certaine de prendre plus de clichés du sol ou du ciel que de lui.

— *Alejandro !*

La femme qui l'interpellait ne pouvait être que Carmen, comprit Emily en recouvrant son calme. L'inconnue – vêtue d'un pantalon jodhpur, d'un T-shirt noir et de bottes cavalières –, était dotée de la même grâce naturelle que son frère. En dépit de sa petite taille, elle affichait une posture pleine d'assurance.

— Qu'est-ce que tu fais ici ? s'enquit-elle en le rejoignant.

Lui aussi avait subitement retrouvé son sérieux.

— J'étais juste passé te laisser quelques prospectus, répondit-il. Tu sais bien sur quoi.

— Tu aurais pu prendre le temps de me dire bonjour, observa-t-elle en espagnol.

— Je dois être à Séville avant midi.

Carmen lança un coup d'œil en direction d'Emily.

— *¿ Quién es ella ?* questionna-t-elle. Qui est-ce ?

Alejandro répondit en anglais :

— C'est Emily. Emily, je vous présente ma sœur, Carmen.

— *Buenos dias*, dit Emily.

Son salut demeura sans écho.

— Emily s'occupe de notre nouveau site web, expliqua Alejandro.

— Seulement du site, ou également d'un des frères Romero ? lança Carmen, revenant à sa langue maternelle. Mariana est au courant ?

— Ça suffit, Carmen ! siffla Alejandro entre ses dents serrées.

Cela ne découragea pas sa sœur, qui ajouta :

— J'imagine qu'elle ne sait rien, puisque tu es en route pour Séville. C'est bien là où tu caches tes aventures, non ?

Sans attendre la réaction de son frère, elle tourna vivement les talons et s'enfuit vers le bâtiment.

Un instant, Alejandro demeura immobile, se contentant de secouer la tête. Lorsqu'il se tourna vers Emily, elle vit qu'il avait remarqué son expression choquée, car il demanda :

— Tu as tout compris ?

— Pratiquement, répondit-elle. Alors, tu me caches ?

— Ne sois pas ridicule ! rétorqua sèchement Alejandro.

Ce fut dans un silence lourd qu'ils regagnèrent la voiture.

Assise à côté de lui, muette, Emily laissait sourdre une tension quasi palpable, et Alejandro préféra s'y confronter.

— Tu imagines que je te cache parce que je fréquente encore

Mariana ? interrogea-t-il. Pourtant, je t'ai dit dès notre rencontre que j'avais rompu avec elle. Je ne t'ai pas menti.

Le regard fixé sur la route, Emily demeura silencieuse.

— Tu ferais mieux de dire ce que tu as en tête, insista-t-il. Crois-moi, si tu n'exprimes pas ton point de vue, personne ne le fera à ta place...

Un mutisme obstiné fut la seule réaction à cette exhortation. Alejandro haussa les épaules et conclut :

— Très bien, si c'est ce que tu préfères, je me tais.

Tandis qu'Alejandro se concentrait sur la route – ce qui valait plutôt mieux, vu la vitesse à laquelle il conduisait –, Emily réfléchit à ce qu'il venait de dire. Au fond, il n'avait peut-être pas tort. Il était grand temps qu'elle affronte ses propres doutes.

— Tu n'as pas informé ton frère et ta sœur de ta rupture avec Mariana, c'est ça ? interrogea-t-elle tout à trac.

Alejandro tourna vers elle un regard inquisiteur.

— Je ne vois pas pourquoi j'aurais dû, répondit-il. J'ai trente et un ans, et je n'ai pas besoin de leur approbation, ni même de leur avis. Mais, contrairement à ce que tu as l'air de penser, j'ai bel et bien signifié à Mariana la fin de notre prétendue relation. Pourquoi est-ce que tu ne me crois pas ?

— Parce que j'ai le sentiment que tu me caches aux yeux du monde ! Nous ne sortons jamais tous les deux...

— Emily, cela fait à peine trois semaines que nous sommes ensemble. Et nous avons passé le plus clair de ce temps au lit.

S'interrompant, Alejandro la fixa quelques secondes avant d'ajouter :

— Tu aimerais exposer notre liaison au travail ?

— Bien sûr que non ! Mais j'ai l'impression de...

Elle se tut, ne sachant comment formuler les choses. Ou, plutôt, craignant de *trop* en dire.

À la vérité, Emily se rendait bien compte qu'elle était folle d'Alejandro. Elle avait beau essayer de se persuader qu'elle cherchait seulement à prendre du bon temps avec lui, il était clair qu'elle désirait davantage.

— Tu as l'impression de quoi... ? la relança-t-il, tout en se faufilant à travers la circulation dense des rues de Séville.

La magnifique architecture environnante aurait coupé le souffle à Emily, si elle l'avait découverte autrement qu'avec des yeux noyés de pleurs, se dit-elle, détournant la tête pour qu'Alejandro ne s'en aperçoive pas.

— D'être un secret infamant, répondit-elle.

— Nous étions d'accord pour nous montrer discrets, non ?

— Non ! C'est *toi* qui as imposé cette règle ! Est-ce que tu te sentirais à ce point déshonoré d'être vu avec moi ?

Alejandro tourna vers elle un regard interloqué.

— D'où sors-tu cette bêtise ? protesta-t-il.

— Tu n'arrêtes pas de suggérer que je change de garde-robe, ou que j'aille chez le coiffeur...

— Mais, tu te plains de n'avoir rien à te mettre, de ne pas savoir comment te coiffer.

Ils venaient de pénétrer dans la cour d'un hôtel de luxe et des employés en livrée se précipitaient au-devant de la voiture.

— En fait, tu n'oses pas reconnaître que je te fais honte, lâcha Emily à mi-voix. Je ne suis pas suffisamment sophistiquée pour être au bras du très chic Alejandro Romero.

Puis, à l'instant où un portier ouvrait le côté passager, elle bondit hors de la voiture sans plus attendre.

Pendant un moment, Alejandro demeura assis au volant, éberlué de constater qu'il venait d'avoir droit à ce que l'on pourrait qualifier de « querelle d'amoureux ». Jamais, à ce jour, il n'avait vécu de relation suffisamment forte pour se retrouver en pareille situation.

Mais ce qui l'horrifiait encore davantage que cette irruption du mélodrame dans sa vie, c'était d'avoir laissé penser à Emily qu'il la considérait comme quelque sordide petit secret, alors qu'il avait simplement cherché à ce qu'elle ne s'attire pas les foudres de la famille Romero, ou celles de Mariana.

Toujours plantée sur le trottoir, Emily fourrageait dans son sac, probablement à la recherche d'un mouchoir. Un groupe de passants l'obligea à s'écarter, ce qu'elle fit en s'excusant.

Pour un peu, Alejandro serait allé lui taper sur l'épaule pour lui faire remarquer qu'elle n'avait pas besoin de lui pour se sentir gênée.

Qu'elle avait la *manie* de se confondre en excuses.

Peut-être serait-il temps qu'il l'aide à surmonter ses complexes ? Mais à sa manière toute *personnelle*...

Le personnel de l'hôtel le connaissait suffisamment pour qu'Alejandro ne soit pas tenu de se présenter à la réception, aussi s'engouffra-t-il, en compagnie d'Emily, directement dans l'ascenseur. Ce fut dans un silence pesant qu'ils se laissèrent emporter jusqu'à l'intérieur de sa suite habituelle.

Lorsqu'ils y pénétrèrent, Emily ne jeta pas le moindre coup d'œil à la ronde. Figée à l'autre bout du vaste salon, elle attendit que le portier ait disparu pour déclarer :

— J'ai remarqué que tu laisses une distance respectable entre nous chaque fois que nous sommes en public !

Ah, Emily lui en voulait de ne pas la serrer de près ? songea Alejandro. Elle allait voir ce qu'elle allait voir !

— Lorsque je t'ai rencontrée, je venais à peine de rompre avec Mariana, dit-il. Même s'il n'y avait pas d'amour entre nous, je la respecte. Crois-tu qu'elle ne serait pas blessée si on nous voyait danser à la *taberna*, comme cela ?

Plaquant Emily contre lui, Alejandro releva ses cheveux dans son cou et y souda les lèvres. Ce qu'elle ignorait, c'était qu'il devait *constamment* lutter contre l'envie de la toucher.

— Si tu penses que j'ai honte de toi, reprit-il, c'est que tu ne me connais pas. Parce que je te désire en permanence.

Un instant, il l'observa qui clignait des paupières, avant d'ajouter :

— Tout ce que je cherche à faire, c'est à te protéger. À nous protéger, tous les deux. Il nous reste une seule semaine à passer ensemble. Je n'ai pas l'intention que qui que ce soit – Mariana ou l'un des membres de ma famille – vienne gâcher une seule seconde de ce temps.

— Pourquoi le feraient-ils ?

— Parce qu'ils n'hésiteraient pas à te tenir pour responsable de ma rupture avec Mariana. Mon père continue à espérer que je l'épouse.

Alejandro s'était écarté d'Emily pour resserrer son nœud de cravate lorsqu'elle murmura :

— Ce serait profitable pour vos affaires, non ? Et tu dis que l'amour ne compte pas pour toi...

— Certes, mais je ne peux pas promettre à Mariana de lui être fidèle toute ma vie.

Emily blêmit, lèvres pincées.

Tout à coup, l'esprit d'Alejandro fut traversé par une phrase qu'il se retint de lâcher malgré lui :

Je ne peux pas promettre à Mariana de lui être fidèle.

Mais à toi, je le pourrais...

Ce fut comme si le miroir, en face de lui, se fendait de haut en bas. Cette pensée était tellement à l'opposé de tout ce à quoi Alejandro croyait depuis toujours !

— J'imagine que c'est une excellente raison pour ne pas se marier..., souffla Emily.

— Effectivement.

Lui faisant face, Alejandro la dévisagea. Emily parvenait peut-être à dissimuler au monde entier sa véritable nature, mais ce n'était pas le cas pour lui. Il était probablement le seul à voir en elle une étoile prête à s'élever au plus haut des cieux.

Entre ses bras, elle s'était épanouie, révélant une personnalité nouvelle. Il était temps qu'elle l'exprime.

Plus que toute autre chose, Alejandro désirait qu'Emily prenne confiance en elle ; qu'elle s'affirme. Qu'elle se voie telle qu'il la voyait lui-même : belle, douée, drôle.

— Emily, dit-il, si j'ai préféré garder le silence sur notre relation, c'est à cause de ma famille et de Mariana. Pas à cause de toi.

Elle hocha la tête, mais l'ombre du doute ne s'était pas effacée de ses prunelles. Alejandro n'ignorait pas qu'il lui faudrait en faire plus pour la convaincre. Aussi, se tournant de nouveau vers le miroir, il prit ses cheveux à pleines mains.

— Tu sais quoi ? fit-il. C'est toi qui as raison.

— À quel sujet ?

Parvenant à peine à dissimuler sa déconvenue devant cette repartie énigmatique, Emily se demanda si Alejandro allait encore lui rappeler son aversion pour les relations de longue durée. Quelle ne fut pas sa surprise en l'entendant répondre :

— Au sujet des coiffeurs. Tu as raison, on peut très bien se débrouiller tout seul.

Il fallut quelques secondes à Emily pour passer du sujet de la fidélité à une réflexion sur les coiffeurs...

Elle ouvrit des yeux ronds lorsque Alejandro piocha une paire de ciseaux à ongles dans sa trousse de toilette, et attrapa de l'autre main une mèche de ses cheveux.

— Qu'est-ce que tu fais ? s'écria-t-elle.

Il était déjà en train de se couper la frange. *Oh ! non !*

— Arrête !

— Pourquoi ?

Bouche bée, Emily regarda plusieurs centimètres de cheveux de jais atterrir au sol.

— Alejandro !

— Quoi ? Ça ne te plaît pas ?

C'était tout bonnement affreux. Et pourtant, cela ne parvenait même pas à gâcher son incroyable beauté.

Soudain, tous deux partirent d'un grand éclat de rire.

— Tu ne peux vraiment pas sortir comme ça, finit-elle par dire entre deux hoquets. Laisse-moi t'arranger ça.

Emily se préparait à lui prendre les ciseaux quand Alejandro referma une grande main sur la sienne.

— Oh ! non ! fit-il. J'ai vu de quoi tu es capable. Ceci dit, si ma coupe de cheveux est tellement abominable que tu ne peux pas envisager de sortir en ma compagnie, ce soir, nous n'aurons qu'à demander qu'on nous monte à dîner.

— Ne sois pas ridicule, c'est...

Tout à coup, Emily réalisa ce qu'Alejandro avait cherché à démontrer, et elle ne termina pas sa phrase.

N'était-il pas effectivement ridicule de supposer qu'elle puisse refuser de sortir à son bras, uniquement pour une histoire de coupe de cheveux ?

Or, c'était ce qu'elle-même avait supposé concernant les raisons pour lesquelles il hésitait à se montrer en sa compagnie...

Alejandro vint à elle, et la prit par le menton pour lui faire lever les yeux vers lui. Vers ses magnifiques yeux sombres.

— Je t'ai toujours trouvée très belle, dit-il. J'aimerais juste que tu en sois consciente.

Après un rapide baiser, il s'écarta en souriant.

— Je viendrai te retrouver après déjeuner, dit-il. Mais cela risque de prendre un peu de temps.

Il se préparait à sortir lorsque Emily l'interpella :

— Alejandro, je me moque éperdument que ta famille me déteste.

— Pas moi, répliqua-t-il. Je les sais capables d'être féroces.

Sur ce, il quitta la pièce en lui lançant un baiser du bout des doigts.

Cette fois, Emily n'avait plus du tout le sentiment qu'il l'abandonnait dans l'intention de la dissimuler aux yeux du monde.

Du fond de son sac à main, elle extirpa le petit morceau d'ambre et contempla l'aile de papillon qui y était prisonnière. Pour un peu, elle se serait attendue à voir la matière se craqueler, et l'aile s'envoler.

Elle repensa à la façon dont Alejandro avait sacrifié une mèche de ses beaux cheveux, juste pour lui faire la démonstration de ce qu'il pensait.

Pour la première fois de sa vie, Emily avait osé formuler ses angoisses, et avait été entendue.

Désormais, elle se sentait un peu plus libre…

Séville était une ville extraordinaire. Il n'était pas étonnant qu'Alejandro y passe l'essentiel de son temps libre. Après avoir visité l'immense cathédrale, et s'être promenée dans un parc embaumé du lourd parfum des orangers en fleur, Emily reprit le chemin de l'hôtel.

Ce fut presque sans réfléchir, qu'elle s'arrêta à l'entrée d'un salon de coiffure. Un instant, elle espéra s'entendre dire qu'il n'y avait pas de place, mais avant qu'elle réalise ce qu'il lui arrivait, elle était installée dans un fauteuil, une cape en tissu noir autour des épaules.

— Pas trop court ! précisa-t-elle à plusieurs reprises.

Mais elle finit par se résoudre à fermer les yeux, s'en remettant aux gens qui la prenaient en charge avec dextérité.

S'abandonnant à ses pensées, Emily réfléchit au fait qu'elle ne pourrait jamais aimer un homme incapable de fidélité.

Contente-toi de profiter du temps qu'il te reste à passer avec lui, ne cessait-elle de se répéter. Et c'était ce qu'elle faisait.

Même leur dispute avait été une révélation. Emily avait pu exprimer le fond de sa pensée, défendre son point de vue. Jamais elle ne l'aurait osé avec un autre homme.

— *Señorita ?*

Ouvrant les yeux, Emily contempla son reflet dans le miroir avec étonnement. Ses cheveux avaient gardé à peu près leur longueur initiale, mais les mèches retombaient en ondulations souples, débarrassées de leurs pointes cotonneuses. La coiffure faisait ressortir les tons naturels de sa chevelure, et elle se félicita d'avoir eu le courage de dépenser une somme aussi exorbitante. Comme pour l'achat de son appareil-photo, c'était de l'argent bien employé.

Cette nouvelle apparence donnait à Emily plus de courage

qu'elle n'en avait jamais eu. Aussi se décida-t-elle à entrer dans la boutique de vêtements qu'Alejandro lui avait recommandée.

L'amabilité avec laquelle on l'y accueillit lui donna le soupçon qu'il avait prévenu de sa possible visite. On lui offrit une coupe de champagne, qu'elle refusa, et une profusion de conseils, dont elle décida que certains méritaient d'être acceptés.

— J'ignore quelles sont les couleurs qui me vont, avoua-t-elle.

— Quelle est votre couleur préférée ?

— Le brun, répondit sans réfléchir Emily en pensant aux yeux d'Alejandro. Mais ce n'est pas vraiment une couleur. Je suppose que je ferais mieux de choisir des teintes plus vives…

— Non, non ! Fiez-vous à votre instinct !

En définitive, Emily découvrit que la couleur chocolat existait véritablement dans la palette des créateurs de mode.

La robe qu'elle choisit descendait au genou, épousant ses formes tout en les faisant paraître sensuelles…, au lieu de lui donner envie de les dissimuler.

Étaient-ce là les effets de l'amour ? s'interrogea Emily.

Car elle ne pouvait plus se voiler la face : elle était amoureuse d'Alejandro !

Lorsque vint le moment de régler, la vendeuse esquissa une mimique embarrassée. Ainsi, Alejandro avait bel et bien appelé la boutique, conclut Emily.

Néanmoins, elle insista pour payer. Elle n'avait nul besoin de se faire offrir ses vêtements.

Non, tout ce dont elle avait eu besoin, c'était qu'il la pousse hors de sa zone de confort. Qu'il lui donne l'impulsion nécessaire pour qu'elle devienne une jeune femme sûre d'elle.

Dans une minuscule ruelle, la devanture d'un magasin d'antiquités retint son attention. Ou plutôt, ce qui attira son regard dans la vitrine, fut la pochette d'un disque 33 tours de flamenco. On y voyait une silhouette masculine en train de danser devant un feu de camp. Cela ressemblait tellement à Alejandro qu'Emily entra dans la boutique.

L'antiquaire expliqua que c'était un enregistrement très rare. En lisant la liste des morceaux, Emily eut la certitude d'y trouver celui sur lequel ils avaient dansé ensemble, Alejandro et elle, le soir où ils avaient fait l'amour pour la première fois.

Et elle mourait d'envie de lui faire un cadeau. Quelque chose qu'elle aurait choisi pour *lui*.

Même s'il trouvait ce geste exagérément romantique...

— *Me gustaría comprar esto*, dit-elle au marchand. Je l'achète.

Se sentant un peu fébrile, Emily traversa le hall de l'hôtel. Soudain, elle aperçut Alejandro qui prenait congé des personnes avec lesquelles il avait déjeuné. Pour ne pas les déranger, elle marqua le pas.

Mais Alejandro se tourna. Semblant ne pas reconnaître Emily, il détourna le regard. Puis, d'un geste brusque de la tête, il lui fit face à nouveau et ouvrit des yeux ronds.

— Seigneur ! s'exclama-t-il en la rejoignant. Je me demandais qui était cette superbe blonde qui me souriait, et il m'a fallu une fraction de seconde pour réaliser que c'était toi.

Emily éclata de rire, tandis qu'il passait une main dans ses cheveux, jouant avec les boucles soyeuses.

Une fois à l'intérieur de la suite – là où ils s'étaient amèrement querellés –, elle posa tous ses paquets sauf un.

— C'est pour toi, dit-elle en le tendant à Alejandro. Mais tu l'as peut-être déjà.

— Non !

Regardant ce qui était noté au verso de la pochette, Alejandro déclara :

— Et c'est l'air sur lequel nous avons dansé ensemble...

Alejandro ne savait que dire, dérouté par le geste d'Emily.

Encore une fois, elle avait trouvé le moyen de ne pas se préoccuper seulement d'elle, pour se soucier de quelqu'un d'autre. En l'occurrence, de *lui*.

Cela signifiait bien davantage qu'il n'osait le reconnaître.

— Je te remercie, fit-il, craignant de se montrer maladroit s'il en disait plus.

Comme si elle cherchait à évaluer sa réaction, Emily l'observait attentivement. Alejandro déposa le disque sur une table, puis se tourna vers elle. Prenant entre ses mains le charmant visage que l'inquiétude contractait, il la dévisagea quelques secondes.

Les transformations auxquelles Emily s'était soumise, étaient remarquables, certes, mais le plus important était qu'elle s'y soit résolue. Il l'obligea à pivoter de manière qu'elle se retrouve face au grand miroir occupant un pan de mur.

Ensuite, très lentement, il la débarrassa de sa robe qu'il déposa sur le dossier d'une chaise.

— Ne bouge pas, souffla-t-il.

Obéissant à l'injonction d'Alejandro, Emily demeurait immobile, suivant ses gestes dans le miroir, percevant le déplacement des longs doigts dégrafant le soutien-gorge, dans son dos. Puis, ce fut sa culotte qu'ils firent descendre le long de ses cuisses.

— Alejandro..., murmura-t-elle.

Elle tourna la tête, impatiente qu'il prenne sa bouche.

Mais il était en train de se déshabiller à son tour, pliant soigneusement ses vêtements sur la même chaise. Alors, il revint vers elle, se plaçant à nouveau dans son dos.

Il entreprit d'agacer les pointes de ses seins, les faisant rouler entre pouce et index, les étirant jusqu'à une longueur indécente.

Ensuite, les grandes mains descendirent jusqu'à l'apex de ses cuisses, et Emily observa la façon dont il la caressait.

— Tourne-toi vers moi, lui intima-t-il.

Elle obtempéra, se retrouvant face à son torse musculeux, parsemé d'une toison brune. D'un brun acajou, les tétons s'y détachaient, et Emily s'inclina pour en prendre un entre ses lèvres. Elle en goûta la saveur presque salée, et inhala les effluves d'eau de Cologne sur l'épiderme chaud.

Maintenant, Alejandro l'attirait contre lui, cherchant à la soulever dans ses bras.

— Je veux nous regarder..., murmura-t-il.

Cependant, Emily refusa de se laisser hisser le long de ce corps d'athlète. Au lieu de cela, elle tomba à genoux.

— Alors, regarde ça, plutôt..., souffla-t-elle.

C'était la première fois qu'elle le prenait dans sa bouche. Car, bien qu'Alejandro ait goûté la moindre parcelle de son propre corps, il y avait encore des choses qu'elle n'avait pas osé faire. Comme ce à quoi elle s'enhardissait.

Jusque-là, elle s'était jugée trop gauche, trop inexpérimentée pour s'y risquer. Désormais, elle savait n'encourir aucun jugement.

— Seigneur..., gémit Alejandro entre ses dents serrées, lorsqu'elle déposa une pluie de baiser sur toute la longueur de son membre jusqu'à son extrémité.

D'un pied, il attira la chaise placée derrière lui, et balaya d'un revers de main tous les vêtements qu'il y avait déposés avec soin. Puis il la fit asseoir, demeurant debout devant elle.

Repoussant les boucles de ses cheveux, il abaissa son regard vers les doigts d'Emily, vers son visage, vers les lèvres qui venaient enserrer son sexe tendu.

Tête en arrière, Alejandro s'abandonna au plaisir qu'Emily lui donnait avec sa bouche, ne se souciant plus de savoir si elle n'était pas trop malhabile.

Un instant, il entreprit des mouvements de va-et-vient, puis se ravisa.

Se reculant, Emily contempla le membre d'airain, luisant de salive. Ensuite, elle referma de nouveau les lèvres autour de lui, avec un peu plus d'audace, cette fois. Lorsque Alejandro reprit ses assauts, elle souleva les fesses de la chaise. Elle sentait son propre sexe devenir brûlant, tandis qu'elle l'accueillait plus profondément qu'elle ne l'aurait imaginé possible dans sa bouche ouverte.

D'une main délicate, il lui écarta les cheveux, les faisant passer derrière son oreille. Levant son visage vers lui, Emily constata qu'il ne se souciait plus d'observer dans le miroir le spectacle qu'ils offraient, absorbé qu'il était dans le plaisir. Celui qu'il prenait, autant que celui qu'elle prenait, *elle*.

— Emily..., lâcha-t-il sur un ton d'avertissement.

Elle le sentit gonfler dans sa bouche, puis il poussa un cri guttural. Alors, elle goûta sa jouissance pour la première fois, émerveillée du plaisir que lui procurait cette incroyable intimité, tout son corps tendu car elle était prête à jouir elle-même. Levant les yeux vers Alejandro, elle lui sourit, heureuse de partager de tels moments.

— Viens, dit-il en la soulevant dans ses bras pour l'emporter jusqu'au lit.

Ils demeurèrent enlacés, en silence, chacun perdu dans ses propres pensées, ne se risquant pas à les partager.

Car Emily avait trop conscience du danger encouru, s'ils s'y aventuraient.

11

— Tu es magnifique, souffla Alejandro en posant une main sur celle d'Emily.

La nappe immaculée était constellée de minuscules étoiles dorées, et Emily était certaine de n'avoir jamais connu un bonheur aussi parfait.

— Cette coiffure te va à ravir, ajouta-t-il. Et avec ces boucles, tu n'auras pas besoin de retourner chez le coiffeur pendant un bon moment.

Elle éclata de rire.

— Je ne t'imaginais pas aussi expert en coupes de cheveux, dit-elle. D'où tiens-tu cela ? De l'une de tes maîtresses ?

— Seigneur, non ! Cela dit, il est vrai qu'elles passent leur vie dans les salons de coiffure. Tu es la première femme que je rencontre à t'en tenir éloignée. Aurais-tu connu de mauvaises expériences ?

Il n'y avait pas une once de moquerie dans le ton d'Alejandro, seulement une curiosité sincère, aussi Emily n'hésita-t-elle pas à lui confier que c'était toujours sa mère qui lui coupait les cheveux par le passé.

— Elle confectionnait également mes tenues, ajouta-t-elle.

— Vraiment ?

— C'était une couturière hors pair. Elle tricotait très bien, aussi.

Un instant, les larmes lui montèrent aux yeux.

Par une soirée aussi merveilleuse, pareille émotion n'avait pas sa place, songea Emily. Mais la pression de la grande main chaude était suffisamment réconfortante pour qu'elle poursuive :

— Malheureusement, l'adolescente que j'étais n'appréciait guère ces talents.

— J'imagine que tu avais envie de vêtements de marque.

— Oui. Aujourd'hui, je m'en veux terriblement de lui avoir fait la tête quand elle me tricotait un nouveau pull-over.

Emily s'interrompit avec un petit rire, et haussa les épaules.

— J'ai l'impression que tu as eu des parents très aimants, observa Alejandro.

— C'est vrai. Mais je n'en avais pas vraiment conscience à l'époque. Je me le reproche, aujourd'hui.

La caresse d'Alejandro sur ses doigts se fit plus tendre.

— Emily..., souffla-t-il, tu étais comme toutes les adolescentes, soucieuse de te fondre dans le groupe.

Emily hocha la tête, se rappelant les moqueries de ses camarades au sujet de ses vêtements démodés, de ses improbables coupes de cheveux... Mais, en même temps, elle avait toujours eu à cœur de prendre la défense de sa mère.

— Je ne peux pas m'empêcher de me sentir coupable, dit-elle en fourrageant dans son nouveau sac pour y chercher un mouchoir. Mais j'imagine que cela ne doit pas trop te parler.

— Tu penses que je n'éprouve jamais aucun sentiment de culpabilité ?

Levant les yeux vers Alejandro, Emily s'excusa :

— Pardonne-moi. Ce n'est pas ce que je voulais dire. C'est juste que je ne vois pas de quoi tu pourrais te sentir coupable.

Une ombre passa sur le beau visage d'Alejandro, et il lui confia qu'il vivait très mal les tensions croissantes avec son frère et sa sœur.

— Nous ne cessons pas de nous disputer, dit-il. Autrefois, nous étions très soudés, mais depuis que José est tombé malade nous ne sommes plus d'accord sur rien.

— Tu veux parler de ce qui concerne les étiquettes ?

— Ça, et d'autres choses... Les visites de Maria à notre père, le traitement pour lui… Les prospectus que j'ai déposés chez Carmen sont ceux de centres de soins palliatifs.

Emily le regarda avec des yeux ronds.

— Les choses en sont là ? questionna-t-elle.

— Pas encore. Mais ce sera le cas s'il continue à refuser une opération. Avec Carmen, nous essayons de le faire réagir.

— D'une certaine façon, tu as de la chance.

Alejandro fronça les sourcils.

— De la *chance* ? lança-t-il.

— J'aurais aimé avoir des frères et sœurs avec qui discuter, quand mon père était gravement atteint par la maladie d'Alzheimer !

— Je n'avais pas vu les choses sous cet angle.

— Vous réfléchissez ensemble à ce qu'il peut y avoir de mieux pour lui. Et puis, il a toute sa tête, et c'est à lui de faire ses propres choix.

— C'est vrai. Du coup, je ne peux pas être d'accord avec Sebastián et Carmen, quand ils lui reprochent d'accepter la présence de notre mère auprès de lui. Ils pensent qu'elle n'en veut qu'à sa fortune.

— Pas toi ?

— Non. Maria est toujours au summum de sa carrière. Elle ne manque pas d'argent.

— Pourquoi n'a-t-elle jamais pris le nom de ton père ? Est-ce que de Luca est un pseudonyme ?

— Pas du tout. Le système espagnol veut qu'une épouse n'adopte pas le patronyme de son mari, mais les enfants portent le nom de leurs deux parents. Mon nom est en réalité Alejandro Romero de Luca, même si pour des raisons pratiques – surtout en affaires – on s'adresse à moi en m'appelant *señor* Romero.

Emily avait un peu de mal à comprendre. Sourcils froncés, elle questionna :

— Mais que se passera-t-il le jour où tu auras des enfants ?

Elle vit Alejandro frissonner à cette seule idée.

— *Jamais !* s'exclama-t-il.

Manifestement, il lui était impossible d'évoquer cette perspective, car il se dispensa de répondre et demanda la carte des desserts.

Avant qu'ils ne quittent la table, Emily ramassa les petites étoiles puis les glissa dans l'une des poches de son sac.

— Je suppose que c'est encore pour Willow, plaisanta Alejandro.

Emily acquiesça d'un hochement de tête. Sauf qu'elle ne doutait pas de les garder pour elle, en souvenir de ces moments magiques.

Que lui resterait-il de son histoire avec Alejandro, hormis un morceau de résine couleur d'ambre, et quelques étoiles dorées ? Dérisoires reliques...

Sur le chemin de l'hôtel, ils firent le détour par la plaza de España pour admirer la célèbre fontaine aux mosaïques bleues et jaunes.

Leur hôtel n'était plus très loin, lorsque Emily sentit Alejandro se raidir à ses côtés. Sur un mur, parmi quantité d'affiches diverses, l'on ne pouvait éviter de remarquer celle annonçant le prochain spectacle de la très belle Maria de Luca.

Pendant un long moment, Alejandro demeura hypnotisé par l'image de cette superbe femme, souriant indéfectiblement aux passants.

Maria de Luca.

Adorée et admirée.

Mais si rarement chez elle. Et lorsqu'elle l'était, c'était seulement dans l'attente des tournées à venir.

— Elle ne nous rapportait jamais le moindre cadeau de ses voyages, observa-t-il d'une voix sourde.

— Probablement parce qu'elle était trop occupée pour cela.

— Arrête, Emily ! Tu travailles douze heures par jour, tu fais même des heures supplémentaires. En plus de cela, tu trouves le temps de prendre des cours de flamenco, et tu me consacres l'essentiel de tes heures libres.

Secouant la tête, Alejandro se dit que sa mère n'avait vraiment aucune excuse.

— Tu es seulement la marraine de Willow, reprit-il, et pourtant tu trouves le temps de chercher des cadeaux pour elle. Tu penses à elle, même à distance.

— C'est vrai...

— Et aujourd'hui, tu as pensé à moi.

— C'est normal, Alejandro. Notre histoire n'aura peut-être pas duré davantage qu'une amourette de vacances, mais tu resteras toujours mon premier amant.

Pourquoi ces paroles le mettaient-elles à ce point mal à l'aise ? s'interrogea Alejandro.

Son *premier* amant ?

Soudain, il avait envie de plaquer Emily contre le mur pour l'embrasser passionnément.

Avant de corriger ce qu'elle venait de dire : pas son premier, mais son *seul* amant !

Mais qui était-il pour l'empêcher de vivre sa vie ?

12

Le site prenait une tournure tout à fait satisfaisante.

Emily ne pouvait que se féliciter de son travail. Mais sa dernière semaine était déjà bien entamée, et elle ne pouvait se résoudre à voir arriver le jour fatidique de son départ.

Curieusement, elle avait senti une inexplicable tension s'installer entre elle et Alejandro depuis leur dîner à Séville, le week-end précédent.

Même s'ils n'avaient pas cessé de faire l'amour.

Sur le chemin du retour, elle s'était endormie dans la voiture, et Alejandro l'avait réveillée en entrant dans Jerez.

Lorsqu'il s'était enquis de savoir si elle se réjouissait de se retrouver bientôt chez elle, en Angleterre, Emily avait laissé son regard errer sur les rues qu'elle aimait tant, la cathédrale, les vieux bâtiments...

Était-ce la perspective de quitter tout cela qui lui donnait cette vague nausée ?

Prenant une gorgée d'eau dans la gourde qui ne la quittait jamais, Emily s'était demandé comment dire à un homme qui ne voulait pas d'elle que c'était dans cette ville qu'elle se sentait vraiment *chez elle*.

Pire ! Comment avouer à un homme qui ne croyait pas à l'amour qu'elle était désespérément amoureuse de lui ?

Au lieu de quoi, elle avait évoqué avec un enthousiasme feint tout ce qu'elle prévoyait de faire à son retour : passer du temps avec Willow et Anna, rencontrer l'équipe pour laquelle elle allait travailler...

Puis, renonçant à faire semblant, elle avait abandonné.

Assise à son bureau, Emily essayait de s'absorber dans son travail. Tout comme sa sœur, Sebastián n'avait guère montré de bonne volonté pour se faire photographier.

Enfin, à la dernière minute, elle tomba sur une photo où on le voyait sur la terrasse de la *taberna*, portant un toast vers une superbe jeune femme.

Excitée par cette découverte fort à propos – il était prévu que le site soit mis en ligne deux jours plus tard –, Emily appela le bureau d'Alejandro.

— J'ai trouvé une photo de Sebastián qui convient parfaitement, dit-elle.

Elle se lança dans la description de l'image, mais Alejandro ne la laissa pas aller bien loin.

— Oublie ça, malheureuse ! s'exclama-t-il.

— Mais il y a tout ce qu'il faut, le vin, le coucher de soleil, même la flèche de la cathédrale au loin...

— Peut-être. Mais la femme, c'est Isabel, son ex. Et les choses ne se sont pas très bien terminées entre eux. La photo a été prise le jour de leurs fiançailles. Quelques semaines plus tard, ils se séparaient.

— Mais pourquoi ?

De toute évidence, Alejandro n'avait aucune intention de l'éclairer sur le sujet, car il se contenta d'ajouter :

— Vraiment, Emily, laisse tomber. Ça vaut mieux !

Avec un grand soupir, Emily fit apparaître un autre cliché sur l'écran de l'ordinateur.

— J'en ai une autre, apparemment prise le même jour, mais où il est seul. Est-ce que je peux utiliser celle-là ?

— Envoie-moi une copie et j'en parlerai à Sebastián. Nous avons une visioconférence tout à l'heure.

Emily obtempéra. Alejandro lui avait semblé bizarrement

préoccupé. Elle passa les deux heures suivantes à travailler avec le traducteur.

Ensuite, elle se dirigea vers le studio d'Eva pour un cours particulier. Elle avait bien l'intention d'apprendre autant de choses que possible avant de quitter Jerez.

Avant de partir...

— Est-ce qu'Alejandro a été ton élève ? questionna-t-elle, à un moment où elle faisait une pause pour boire.

Eva partit d'un grand rire.

— Alejandro..., mon élève ? s'exclama-t-elle. Eh bien, d'une certaine façon, on peut dire ça.

Saisissant le froncement de sourcils d'Emily dans le miroir, la danseuse se reprit :

— Oh ! tu parlais de *flamenco* ? Non, je n'ai jamais appris à danser à Alejandro.

Le sourire d'Eva fit monter le rouge aux pommettes d'Emily. Elle était presque aussi écarlate que sa jupe.

— Allez, Emily ! lança Eva. Plus vite. Frappe. *Tacón, tacón, tacón.*

Mettant toute sa colère dans son claquement de talons, Emily donna libre cours à sa jalousie.

Ainsi, Eva était également à mettre au nombre des anciennes maîtresses d'Alejandro. Et manifestement, ils demeuraient en excellents termes.

En serait-il de même avec elle ?

Sauf que la question était sans fondement. Bientôt, elle quitterait Jerez. Il ne restait plus que quelques jours...

— Comment va *padre* ?

Ce fut la première question de Sebastián – prononcée d'une voix anxieuse – lorsque Alejandro se connecta pour la visioconférence prévue.

Habituellement, son frère et lui commençaient par parler travail, avant d'en venir aux sujets relatifs à la famille.

— À peu près dans l'état où il était à ton départ, répondit Alejandro. Simplement, il a l'air de commencer à comprendre qu'une intervention est sa seule option.

— Alors, pourquoi chercher un centre de soins palliatifs ?

Alejandro tripota nerveusement son stylo. Il avait espéré que Carmen n'aborderait pas cette éventualité avec leur frère tant que ce dernier était loin.

— Carmen n'aurait pas dû te raconter cela, objecta-t-il. C'est juste destiné à le pousser à accepter l'opération.

— Je t'ai dit que je voulais *tout* savoir ! aboya Sebastián. D'ailleurs, j'ai décidé de rentrer sans attendre. C'est toi qui reprendras les négociations, de ce côté de l'Atlantique.

— Pourquoi ? Ce n'est pas nécessaire. S'il y avait quelque chose de grave, je t'en aurais informé.

— Je n'arrête pas de m'inquiéter. J'ai besoin de voir *padre*. Pour juger par moi-même.

Alejandro ne put s'empêcher de lever les yeux au ciel. Quand donc son aîné s'était-il montré aussi sentimental ? Et il n'était pas dans ses habitudes de dramatiser.

Cependant, lui-même ne pouvait se voiler la face. En d'autres temps, il aurait sauté dans un avion sans discuter.

S'il se montrait réticent, c'était par égoïsme. Il n'avait plus que quelques jours à passer avec Emily, et il ne supportait pas de les voir amputés.

Soudain, il se remémora ce qu'elle lui avait dit quelques jours auparavant – sur les regrets que lui avait laissés le fait de ne pas avoir un frère ou une sœur sur qui s'appuyer.

— C'est d'accord, dit-il. Je réserve un vol immédiatement.

Alejandro n'avait jamais dévié de la règle qu'il leur avait fixée : au bureau, ils devaient observer la plus parfaite discrétion. Aussi, lorsqu'il contacta Emily par l'Interphone, pour lui demander de le rejoindre dans son bureau, elle aurait juré que c'était pour parler du site.

Elle n'était jamais montée jusqu'à ce dernier étage. La vue sur la ville y était prodigieuse.

— Ouah ! s'exclama-t-elle, bouche bée.

Regardant autour d'elle, elle questionna :

— Tu es seul à travailler là ?

— Oui. Le bureau de Sebastián se trouve dans l'aile sud.

Puis, elle reporta son attention sur Alejandro et lui sourit.

— Tu as fait couper tes cheveux, constata-t-elle.

Emily mourait d'envie de caresser les mèches de jais, très courtes. Mais elle s'abstint.

— J'ai informé mon frère de ton choix de photo le concernant, déclara Alejandro. Il est d'accord. À partir du moment où Isabel n'apparaît pas.

Mieux valait se concentrer sur les questions relatives au site, avait-il décidé. Cela lui permettrait de différer l'annonce de son départ. Et puis, il n'avait aucune envie de voir s'effacer ce délicieux sourire...

— Tout va bien, alors, acquiesça Emily.

— Oui. Où en es-tu, des dernières mises au point ?

— Le site sera opérationnel dès vendredi. Le traducteur a fait du très bon boulot. Et les gens du département informatique n'ont plus qu'à vérifier les liens.

— Parfait.

Alejandro se leva de son bureau, et fit signe à Emily de le rejoindre.

— Tu oublies que nous sommes sur notre lieu de travail, protesta-t-elle.

— Rassure-toi, répliqua Alejandro. Je ne t'ai pas fait venir ici pour quoi que ce soit d'inconvenant.

Puis il se tourna et ouvrit la fenêtre.

À cette hauteur, constata Emily, on était presque au même niveau que le clocher de la cathédrale.

— Il y a eu des naissances, l'informa Alejandro. Je les ai seulement remarquées ce matin...

— Je ne vois rien.

— Attends que la mère bouge un peu.

Pendant quelques instants, ils demeurèrent immobiles, espérant que la cigogne se déplacerait. Le parfum citronné d'Alejandro submergeait Emily, et elle l'inhala avec ravissement. Mais, soudain, quelque chose bougea dans le nid.

— Oh..., souffla-t-elle.

Trois cigogneaux venaient d'apparaître, qu'elle fixa avec un grand sourire. C'était un tel privilège d'assister à ce spectacle !

— La vue de ton bureau est extraordinaire, *señor* Romero, murmura-t-elle, comme si elle redoutait de les effrayer. Si je travaillais ici, je serais tout à fait inefficace...

Alejandro ferma les yeux un quart de seconde.

— Non, souffla-t-il, c'est moi qui ne ferais rien de bon, si tu travaillais à mes côtés...

Un instant, il eut la tentation de prendre le visage d'Emily entre ses mains pour s'emparer de sa bouche. Sauf que ce n'était pas pour cette raison qu'il l'avait convoquée, mais parce qu'il fallait bien la mettre au courant de son prochain départ.

— Emily, commença-t-il, je viens de m'entretenir avec Sebastián. Il faut que je parte pour New York.

— Quand ?

— Ce matin même. Il veut revenir ici pour voir notre père. Toutes ces histoires de soins palliatifs l'ont alarmé. Je dois le remplacer pour mener les négociations avec les Américains.

— Je vois. Combien de temps seras-tu absent ?

— Je ne sais pas...

S'il s'était écouté, Alejandro aurait demandé à Emily de prolonger son séjour à Jerez. Mais en avait-il le droit ?

Ils étaient encore devant la fenêtre ouverte, et Emily inspira profondément. Elle dut lutter pour contenir la bouffée de terreur menaçant de la submerger. Curieusement, cela s'accompagnait d'une sorte de nausée dont elle ne comprenait pas la nature.

— J'en saurai un peu plus quand je serai là-bas, observa Alejandro.

Emily se réjouit de lui tourner le dos. Ainsi, il ne verrait pas l'expression de panique qui venait de se peindre sur son visage. Cet état nauséeux ne pouvait être imputable à la paella du déjeuner. À quand remontaient donc ses dernières règles ?

Mais enfin, elle prenait la pilule !

Oh ! Seigneur !

Dire que c'était *elle* qui avait refusé qu'Alejandro utilise un préservatif, ce premier soir !

Il avait pensé à la protéger. Tandis qu'elle n'avait qu'une seule chose à l'esprit : *être à lui !*

Pourvu qu'elle n'ait pas rendu la situation affreusement compliquée...

— Rien ne t'oblige à regagner l'Angleterre dès la fin de ton contrat..., avança Alejandro. Tu peux peut-être t'accorder quelques jours de vacances...

Bien qu'Emily lui tourne le dos, il ne put manquer de percevoir la façon dont ses épaules se raidissaient.

Trouvait-elle son insistance aussi pesante que cela avait été le cas pour Maria, lorsque José la suppliait de repousser une tournée ? Et Alejandro devait-il croire qu'il avait suffi d'une relation de quatre semaines pour qu'il se transforme en clone de son père ?

— Tout va bien ? interrogea-t-il. Tu m'as l'air ailleurs.

Faisant volte-face, Emily planta dans le sien le regard de ses beaux yeux bleus, soudain indéchiffrable.

— Tout à fait, répondit-elle. Il faut juste que je retourne travailler. Le traducteur avait encore des propositions à me faire.

Elle semblait prête à se diriger vers la porte, et Alejandro l'attrapa par le poignet.

— Je n’ai pas droit à un baiser d’adieu ? demanda-t-il.

— Bien sûr.

Emily se contenta d’effleurer ses lèvres, avant d’ajouter :

— Je te souhaite un bon voyage.

— Emily ?

— Quoi ? Tu voudrais que je te supplie de ne pas partir ? Tu m’as toujours dit détester le mélodrame. Et nous savions tous les deux que notre histoire ne durerait pas, non ?

Alejandro la regarda quitter la pièce d’un pas décidé, en se disant qu’il ne comprendrait jamais cette femme.

Fallait-il vraiment que leur séparation se passe ainsi ? Pourtant, ne devrait-il pas se considérer comme chanceux ?

Emily Jacobs lui avait offert exactement ce qu’il souhaitait : quatre semaines de passion, et une séparation sans larmes.

13

L'avion d'Alejandro devait déjà être loin de Jerez, songea Emily, tandis qu'elle attendait son tour à la pharmacie.

Comment disait-on « test de grossesse » en espagnol ? s'interrogea-t-elle, en cherchant la traduction sur son portable.

Prueba de embarazo, lut-elle sur l'écran. Par acquit de conscience, elle en acheta deux.

Ce fut seulement après une longue journée de travail qu'elle regagna son appartement.

La vision des deux petits traits roses, sur le test, fut un véritable choc. *Positivo.*

Le deuxième kit ne fit que confirmer : *positivo.*

Oh ! pourquoi n'avait-elle pas été plus prudente ?

Son cœur battait la chamade. Dire qu'elle s'était lancée dans cette liaison en imaginant que ce serait seulement une aventure éphémère !

Mais non ! Emily savait que ce n'était pas l'entière vérité. Ses sentiments pour Alejandro avaient été d'une tout autre nature, dès le départ.

Seigneur, dans quelle galère s'était-elle embarquée ?

Ce qu'elle appréhendait plus que tout, c'était la réaction d'Alejandro.

À son arrivée à New York, sous la neige, Alejandro n'avait qu'une envie : s'enfermer à son hôtel pour prendre le temps de réfléchir. Malheureusement, il avait un dîner à présider.

Lorsqu'il lui fut enfin possible de regagner sa chambre, il était bien trop tard pour appeler Emily. Mieux valait attendre le jour, se dit-il. Peut-être aurait-il les idées plus claires ?

Quand il parvint à la joindre, le lendemain – prenant garde au décalage horaire –, elle n'était pas seule. Il l'entendit quitter l'open space avant de s'adresser à lui.

— J'étais avec Carmen, expliqua Emily. Elle est venue m'apporter des photos à ajouter au site.

— Carmen ? s'étonna Alejandro. Elle a changé d'avis ?

— Elle s'est montrée très obligeante. Cependant...

— Cependant ? insista Alejandro.

— C'est juste que j'ai beaucoup de travail, et...

De nouveau, Emily n'alla pas au bout de sa pensée. L'intervention de Carmen lui compliquait certainement la tâche, au moment où le site était pratiquement finalisé.

— Comment est New York ? questionna-t-elle, préférant manifestement botter en touche.

— Glacial, répondit Alejandro.

Par la fenêtre, il voyait tourbillonner les flocons de neige, et il se demanda comment il était possible d'avoir à un tel point le mal du pays, à l'âge avancé de trente et un ans.

Mais était-ce vraiment le mal du pays ?

— Emily, dit-il, je n'aime pas la façon dont nous nous sommes séparés.

Emily demeura muette, pourtant il aurait pu jurer l'avoir entendue déglutir.

— Qu'est-ce que nous allons faire, Emily ? demanda-t-il.

N'était-ce pas, à peu de chose près, la même question qu'il lui avait posée, au matin de leur premier baiser ?

Espérait-il qu'elle bouleverse sa vie pour lui ?

Serait-il prêt à chambouler la sienne ?

Alejandro se trouvait face à une situation qu'il n'avait jamais connue.

Ou plutôt *si*, dans le cas de ses parents. Mais ils n'étaient pas un exemple à suivre.

Comment demander à la personne que l'on aime de rester ?

Comment laisser partir la personne que l'on aime ?

Ce fut Emily qui avança une réponse :

— Comme tu le disais toi-même, les choses n'ont pas besoin d'être compliquées.

— Mais, à ce moment-là, j'ignorais que tu étais *vierge*, se défendit-il.

Un sourire monta aux lèvres d'Alejandro, en entendant Emily étouffer un petit rire.

— Et tu n'avais pas encore dansé pour moi, *señorita*, ajouta-t-il.

Le silence qui suivit ses paroles était le plus agréable qu'Alejandro n'eût jamais connu. Ni l'un ni l'autre n'avait besoin de dire quoi que ce soit pour communier, dans le souvenir de ce qu'ils avaient partagé cette nuit-là.

Le silence fut rompu par la voix de Carmen.

— Emilia ! appelait-elle.

Ne pouvait-elle utiliser correctement le prénom d'Emily ?

— Dis-lui d'attendre..., déclara Alejandro.

— Je ferais mieux d'y aller.

— Alors, je t'appelle ce soir.

— Ce soir, il y a la fête précédant le lancement du site.

— Depuis quand ?

— C'est Carmen qui a suggéré cette idée. Elle s'est arrangée pour avoir l'accord de Sebastián...

— *Emilia !*

La voix impatiente de Carmen mit un terme à la conversation.

Dans la soirée, au lieu d'emmener ses clients en boîte de nuit, Alejandro se réfugia à l'hôtel. Mais il était incapable de trouver le sommeil.

Pianotant sur son ordinateur, il jeta un coup d'œil aux réseaux sociaux, et découvrit les photos postées par sa sœur. La réception avait eu lieu sur la terrasse de la bodega, avec le clocher de la cathédrale en fond, éclairé par le soleil couchant.

Jamais Alejandro n'avait éprouvé le mal du pays comme en cet instant. Bien plus qu'il ne l'aurait cru possible !

Emily portait le même corsage gris que lors de leur rencontre. Malgré son sourire, il était clair qu'elle avait pleuré.

Alejandro se sentit un peu coupable de se réjouir à l'idée que c'était à cause de lui.

Le sommeil continua à le fuir et ce fut à l'aube – après s'être tourné et retourné dans son lit – qu'il prit conscience d'une vérité qui le crucifia : en s'efforçant de protéger Emily de ce qu'elle subirait si leur liaison venait à être découverte, il n'avait réussi qu'à lui faire du mal !

Seigneur, il n'avait jamais éprouvé pareil besoin de s'entretenir avec quelqu'un !

Après tout, n'avait-il pas une excellente raison de la rappeler ? Le site serait ouvert à la consultation ce même jour, et ce serait la moindre des choses de la féliciter.

Curieusement, elle était impossible à joindre. Alejandro appela son assistante pour qu'elle s'en charge, mais celle-ci n'y réussit pas davantage.

Alejandro frissonna en se remémorant le jugement qu'il avait émis sur sa famille.

Je les sais capables d'être féroces.

Soudain, le revirement d'opinion de Carmen lui paraissait des plus douteux. La soudaine amabilité de sa sœur, la complaisance de Sebastián en acceptant qu'elle organise cette fête…, tout cela ne cadrait pas avec le visage qu'ils avaient montré jusque-là. Ni avec le souci qu'ils se faisaient pour la santé de leur père.

Alejandro appela son frère sur-le-champ.

— Comment va *padre* ? interrogea-t-il, sans perdre de temps en civilités.

— Aussi bien que possible, répondit Sebastián.

— Je veux lui parler.

— Impossible, il dort.

— Tu es vraiment à Madrid ?

— Je ne vois pas en quoi ça te regarde !

Entendant son frère raccrocher, Alejandro comprit qu'il avait vu juste. Tout devenait clair dans son esprit. Sebastiàn avait menti en prétendant être inquiet pour leur père.

Toute l'affaire n'avait eu d'autre but que de l'éloigner, *lui*, de Jerez. Et d'Emily, par voie de conséquence.

Au standard de l'entreprise familiale, Alejandro demanda à être mis en relation avec Emily Jacobs.

— Mlle Jacobs ne travaille pas ce matin, s'entendit-il répondre.

— Passez-moi l'appartement de la gouvernante, alors.

Il y eut un long silence, puis la réponse vint :

— Je suis désolé, monsieur, ça ne répond pas.

Était-il possible qu'Emily ait déjà quitté Jerez ? s'interrogea Alejandro.

Il aurait donné n'importe quoi pour voir son sourire, pour entendre sa voix, pour partager l'un de ces silences qui n'empêchaient pas leur totale communion.

Alejandro voulait retrouver Emily. Être avec elle, à tout jamais. Tout à coup, il prenait conscience qu'il n'aurait aucun mal à lui rester fidèle. Car il l'*aimait*...

Le lancement public du site était enfin arrivé. Pour l'occasion, Emily avait revêtu la robe achetée à Séville.

La petite fête de la veille s'était terminée à pas d'heure, et elle était épuisée.

Se présenter au bureau, à 8 heures du matin, dans ses plus beaux atours, était un effort qui avait fini de l'exténuer. Elle ne rêvait que d'une chose : reprendre la discussion qu'elle avait dû interrompre avec Alejandro, parce que Carmen la monopolisait.

En traversant la cour, un moment plus tôt, elle avait eu l'illusion qu'il était revenu. La silhouette vêtue d'un costume gris sombre, devant elle, la chevelure de jais... Un instant, son cœur s'était emballé.

Mais il s'agissait de Sebastián.

— Emilia ! s'était-il exclamé, tout sourire, en s'avançant vers elle, main tendue. Le site est enfin lancé ! Vous avez fait un travail remarquable.

— Merci, s'était contentée de répondre Emily, sans se donner la peine de le reprendre sur son prénom.

Sebastián lui avait ensuite demandé de le rejoindre dans son bureau dès que possible. Il avait quelques points à préciser avec elle, avait-il dit. Le plus tôt serait le mieux.

Lorsque Emily eut gravi les quatre étages menant à son bureau, elle le trouva installé à sa table de travail. Il était doté de la séduction naturelle des Romero, se dit-elle, mais avec quelque chose de plus sauvage que son cadet. Il était aussi plus hautain qu'Alejandro.

— Comme je vous l'ai dit, je suis entièrement satisfait de votre travail, déclara Sebastián. J'avoue que j'étais un peu réticent à faire appel à quelqu'un d'aussi novice que vous l'étiez, mais j'avais tort.

— Je vous remercie, répondit Emily. Il me reste juste quelques modifications minimes à apporter.

— Ne vous donnez pas cette peine. L'équipe informatique s'en chargera.

— Bien sûr.

Mordillant sa lèvre inférieure, Emily se demanda si elle avait bien compris. Était-il en train de la congédier ?

Certes, on était vendredi, le dernier jour de son contrat.

— Je suis heureux d'avoir pu être présent pour vous remercier en personne, reprit Sebastián. Mon père m'a chargé de le faire également de sa part.

Ainsi, il lui signifiait que la famille Romero n'avait plus besoin de ses services.

Ne sachant trop que dire, Emily essaya de meubler le silence :

— Je pense prolonger un peu mon séjour pour assister à la fête du cheval. Ça a l'air remarquable...

Sebastián haussa un sourcil étonné.

— Vous avez trouvé à vous loger ? interrogea-t-il. En général, tout est réservé des mois à l'avance.

— Je pensais chercher une chambre d'hôtes…

— Eh bien, je vous souhaite bonne chance ! Ah, avant que j'oublie… nous vous avions fourni un téléphone et un ordinateur, n'est-ce pas ? Vous serez bien aimable de les remettre à l'accueil en descendant.

Quittant le bureau de Sebastián avec l'impression d'avoir été bel et bien mise à la porte, Emily gagna son appartement. Une femme de ménage l'y attendait.

— Ah, enfin vous voilà ! s'exclama-t-elle. La nouvelle locataire attend pour s'installer !

Emily se vit accorder un simple quart d'heure pour finir d'emballer ses affaires. Puis, ne sachant où aller, elle gagna la *taberna*.

Là aussi, les choses avaient changé. On la dirigea vers une petite table, pour bien lui signifier qu'elle n'avait plus accès au box de la famille Romero. Et elle avait à peine fini d'avaler son café que la serveuse posait la note sur sa table d'un air autoritaire. Il était clair que ses consommations n'étaient plus prises en charge par l'entreprise !

Le plus grave, c'était qu'en restituant précipitamment téléphone professionnel et ordinateur à l'accueil elle n'avait pas pris soin de noter les coordonnées d'Alejandro, tant elle était sous le choc de se voir pratiquement… *chassée.*

Oui, c'était le terme exact !

Emily était en train de réfléchir aux moyens qu'elle avait d'entrer en contact avec Alejandro, quand elle s'entendit interpeller par une voix féminine au timbre grave.

— Emily…

Levant les yeux, elle n'eut aucun mal à reconnaître son interlocutrice.

— Mariana, lâcha-t-elle.

— Alors, vous savez qui je suis ? déclara Mariana en s'asseyant en face d'elle.

— Bien sûr, répondit Emily en s'obligeant à sourire. J'ai passé les six dernières semaines à explorer les photos de la famille Romero…

La ravissante Mariana était dotée de superbes yeux verts, d'une chevelure de jais, coupée au carré, et elle irradiait la plus totale confiance en elle-même.

— Avez-vous apprécié votre séjour à Jerez ?

— Énormément.

— On m'a dit qu'Alejandro vous avait servi de guide…

Mariana partit d'un grand rire quand Emily ne put dissimuler sa gêne.

— Inutile de rougir ! s'exclama-t-elle. Nous savons tous ce qu'il s'est passé entre lui et vous. J'ai l'habitude ! Alejandro ignore totalement ce qu'est la fidélité. Il aime vagabonder, mais il me revient toujours. Cela a été comme ça, d'aussi loin que je me souvienne.

Marquant une pause, elle promena sur Emily un regard dédaigneux.

— Ce qui m'étonne, reprit-elle, c'est que d'habitude il a des goûts plus… *raffinés*.

— Vous êtes toujours aussi aimable ? interrogea Emily, surprise elle-même par son audace.

Néanmoins, cela ne suffit pas à décourager l'imperturbable Mariana.

— Rentrez chez vous, Emily, avant de vous couvrir de ridicule, siffla-t-elle. Alejandro a peut-être trouvé amusant de vous voir le suivre partout, comme un toutou. Mais vous voyez bien qu'il a fini par préférer prendre la fuite.

Enceinte et sans toit sur la tête, voilà qui était à peine exagéré ! En tous les cas, c'était ainsi qu'Emily se percevait, tandis qu'elle traversait la *plaza*, tirant derrière elle sa valise dont les roulettes produisaient un affreux bruit de castagnettes sur les pavés disjoints.

S'asseyant sur le rebord de la fontaine, elle se demanda quelle décision prendre. Devait-elle chercher à se loger à Jerez ? Ou bien rentrer directement en Angleterre ?

Et s'il était vrai qu'Alejandro avait fui à New York pour lui échapper, comment lui faire savoir qu'elle attendait un enfant de lui ?

Mais ne l'avait-il pas incitée à s'affirmer. Eh bien, c'était exactement ce qu'elle allait faire !

Emily en avait assez de se cacher comme une petite souris, terrifiée. Et elle n'accepterait pas de vivre dans le regret.

Reprenant le chemin de la bodega en traînant toujours sa valise, elle se demanda si elle était pathétique à pleurer, ou incroyablement courageuse. Quoi qu'il en soit, les choses ne pouvaient pas se terminer de cette manière !

Un agent de sécurité lui barra le chemin.

— L'entrée est réservée au personnel, dit-il.

— Je fais partie du personnel !

Après tout, son contrat stipulait qu'elle était embauchée jusqu'à 17 heures.

— Vous seriez gentil de garder ma valise pour moi, ajouta-t-elle en contournant la montagne de muscles.

— *Señorita !*

Emily avait déjà gagné l'entrée du bâtiment, et elle attaqua l'escalier conduisant au bureau de Sebastián.

— *Señorita !*

Un deuxième gardien – manifestement prévenu de son incursion – s'efforça de l'arrêter. Mais au lieu d'avoir peur – comme cela aurait certainement été le cas par le passé –, Emily se sentait galvanisée.

Car s'il y avait une chose dont elle était certaine, c'était qu'Alejandro n'était pas homme à se cacher de l'autre côté de l'Atlantique pour l'éviter !

S'il en avait vraiment fini avec elle, il le lui dirait en face.

Tous les efforts du clan Romero pour se débarrasser d'elle n'avaient fait que lui ouvrir les yeux.

— *Señorita !* cria à nouveau l'homme, dans son dos.

Mais, soudain, elle entendit résonner la voix de Sebastián du haut de l'escalier.

— Tout va bien ! lança-t-il. Venez, mademoiselle Jacobs.

Tout en le suivant, Emily se demanda ce qu'elle allait bien pouvoir dire. Tout ce qu'elle savait, c'était qu'elle n'était pas prête à se laisser évincer de la sorte. Et qu'Alejandro ne l'aurait jamais soumise à pareille humiliation !

— Que puis-je pour vous, mademoiselle Jacobs ? questionna Sebastián lorsqu'ils furent dans son bureau.

— J'ai besoin de parler à Alejandro, dit-elle en s'efforçant de reprendre son souffle. Je voudrais que vous me donniez son numéro de téléphone.

— Impossible !

— Alors, pourriez-vous lui communiquer mon numéro personnel ?

Chaque fois qu'il avait eu besoin de la joindre, c'était sur le portable prêté par l'entreprise qu'Alejandro l'avait appelée.

— Je suis certain que Sophia est en possession de vos coordonnées, et elle se fera un plaisir de les fournir à mon frère s'il le souhaite. Mais, pour l'instant, elle est occupée à autre chose...

— Je ne quitterai pas Jerez, tant que je n'aurai pas parlé à Alejandro ! Si vous ne me donnez pas son numéro, je...

Emily n'eut pas le temps de chercher de quoi diable elle allait pouvoir menacer Sebastián, car une voix de stentor gronda dans son dos :

— Espèce de fumier !

Alejandro venait d'entrer en trombe dans la pièce. Un Alejandro qu'Emily eut peine à reconnaître, tant il écumait.

Un instant, elle se demanda s'il allait asséner un coup de poing à son aîné, mais il se contenta de se planter devant lui en le fusillant du regard.

Les deux hommes se faisaient face, se mesurant comme deux taureaux furieux.

— Emily, va m'attendre chez moi…, lança Alejandro sans se retourner. J'espère que mon cher frère n'a pas fait changer le code…

Ce fut seulement lorsque le bruit des pas d'Emily s'éloignèrent qu'il parla.

— De quoi est-ce que tu te mêles ? siffla-t-il, le visage à quelques centimètres de celui de son frère.

— De protéger tes intérêts ! répliqua Sebastián.

— Ne compte pas sur moi pour épouser Mariana, juste parce que cela sert les intérêts de la famille !

— J'essaie de t'empêcher de faire une bêtise.

— Ah, parce qu'épouser une femme que je n'aime pas ne serait pas la chose la plus stupide qui soit ?

— Ne me dis pas que tu es amoureux de cette… *Emilia* !

Alejandro pivota sur ses talons, sans prendre la peine de corriger la prononciation de son frère. Ni de lui répondre.

S'il y avait quelqu'un à qui il se devait de dire que, *oui,* il était follement amoureux d'Emily, ce n'était certainement pas Sebastián.

Lorsqu'il entra dans son appartement, ce fut pour trouver Emily assise sur le canapé où ils avaient fait l'amour pour la première fois. Dès qu'elle le vit, elle se leva d'un bond.

— Bravo d'avoir tenu tête à ce dictateur ! dit-il en s'avançant vers elle.

Alejandro sourit en repensant à ce qu'il avait entendu en gravissant quatre à quatre la dernière volée de marches. Il prit Emily dans ses bras, et souffla à son oreille :

— Il n'a pas l'habitude qu'on lui parle sur ce ton. Surtout dans son bureau.

— Sebastián ne me fait pas peur, déclara Emily.

À vrai dire, elle était bien plus effrayée à l'idée de ce que serait la réaction d'Alejandro lorsqu'elle lui apprendrait la nouvelle. Leur liaison sans lendemain s'était transformée en quelque chose de bien plus durable...

— Qu'a-t-il dit pour se débarrasser de toi ? questionna-t-il.

— Pas grand-chose. Il m'a remerciée pour mon travail, et a exigé que je rende le portable et l'ordinateur séance tenante. Je n'ai même pas eu le temps de noter tes coordonnées. Quand ta famille serre les rangs, ils font ça sans états d'âme.

— Je sais.

— On m'a laissé un quart d'heure pour faire ma valise et quitter mon appartement. Ensuite, on m'a appris que tu étais parti à New York pour me fuir.

— Qui t'a dit ça ?

— La belle Mariana. Elle ne s'est pas privée pour me préciser quelques déplaisantes vérités.

— Ce que Mariana considère comme des vérités, tu veux dire. Mais qui n'en ont jamais été !

— Elle m'a dit que tu n'en pouvais plus de me voir te suivre comme un toutou. Que tu étais incapable d'être fidèle.

Alejandro secoua la tête.

— Je suis *toujours* fidèle, protesta-t-il. Ce dont je suis incapable, c'est d'avoir une relation sur la durée. Enfin, c'était le cas jusqu'à présent.

Il prit une profonde inspiration. Jamais Emily ne lui avait vu une expression aussi grave.

— Emily..., dit-il en dardant son regard dans le sien, ce n'était pas *toi* que je cachais au reste du monde... c'était la façon dont tu me rends heureux. À la seconde où Carmen nous a vus, elle a compris qu'il y avait quelque chose de différent en moi. Je suis sûr qu'elle en a parlé à Sebastián, et c'est la raison pour laquelle il m'a expédié à New York.

— Pour te séparer de moi, tu veux dire ?

— Oui. Mais quoi qu'il fasse, il n'y serait pas parvenu. Je t'aurais suivie en Angleterre.

Alejandro semblait si sûr de lui. La nouvelle qu'elle s'apprêtait à lui annoncer ne gâcherait-elle pas tout ?

Leur relation n'était-elle pas trop récente, leur couple trop fragile, pour qu'ils soient à même d'affronter pareil bouleversement ?

Mais Alejandro s'empara de sa bouche, et plutôt que révéler la vérité, Emily s'abandonna à ses baisers. Elle laissa les lèvres chaudes de son amant effacer le chagrin des dernières heures, sa langue estomper tous ses doutes quant à l'avenir.

Ce fut dans un ouragan de passion qu'Alejandro releva la robe sur ses cuisses, et qu'elle fit descendre la fermeture Éclair de son pantalon. Sur le canapé de leur premier soir, ils firent l'amour avec une urgence presque désespérée.

Lorsque Alejandro gémit dans sa bouche, Emily comprit qu'il éprouvait un désir tout aussi dévorant que celui qui la tenaillait. Chacun de ses assauts, tandis qu'il plongeait en elle à grands coups de reins, lui donnait la certitude que seule comptait la perfection de ce moment.

À quoi bon lui livrer son secret, quand elle pouvait se laisser emporter par le bonheur absolu, le plaisir inouï, qu'Alejandro lui donnait ?

— *Alejandro !* cria-t-elle.

Et ce n'était pas pour lui révéler la vérité, mais parce que l'orgasme déferlait déjà en elle.

Il la rejoignit presque instantanément.

À bout de souffle, soudés l'un à l'autre, comblés, ils restèrent longuement unis dans une communion telle qu'ils n'en avaient encore jamais connue.

Emily détourna la tête quand le regard d'Alejandro chercha le sien. Elle avait trop peur de briser la magie de ces instants. Quelle serait sa réaction, lorsqu'elle parlerait ?

Lentement, Alejandro se leva et remit de l'ordre dans sa tenue. Se redressant, Emily le regarda aller vers la platine et choisir le disque qu'elle lui avait offert.

Ce n'était guère le moment qu'il se montre romantique !

Cependant, ce ne fut pas ce qu'elle s'apprêtait à dire qui fit basculer le monde sur son axe.

Ce fut Alejandro lui-même qui s'en chargea.

— Emily, veux-tu m'épouser ? demanda-t-il en se tournant vers elle. Je sais que tu veux te consacrer à ta carrière, et je ne m'y opposerai pas. Je ne serai pas comme mon père...

— Tais-toi ! l'interrompit-elle.

— Non, je ne peux pas me taire, Emily ! Parce que je t'aime, et...

— Alejandro, je t'en prie..., gémit-elle. Je suis enceinte...

Levant les yeux vers lui, elle attendit sa réaction. Mais Alejandro demeurait immobile et muet.

— C'est ma faute, dit-elle. Je prends la pilule, mais j'ai dû me tromper dans les jours. Je suis désolée... Tu ne m'as jamais caché que tu ne voulais pas d'enfant...

— Chut..., souffla-t-il pour la faire taire. Nous sommes tous deux responsables. C'est pour cela que tu tenais tant à me voir ? Pour m'annoncer la nouvelle ?

Dans le regard d'Alejandro, Emily vit passer une lueur de doute. Il semblait se demander si la seule raison pour laquelle elle avait remué ciel et terre pour le revoir était qu'elle voulait le mettre au courant de sa grossesse.

Soudain, elle prit conscience qu'Alejandro n'avait pas plus d'expérience qu'elle en amour.

Peut-être était-il temps qu'elle le rassure ?

— Non, répondit-elle. Je voulais te dire que je n'avais pas l'intention de renoncer à toi, Alejandro Romero. Parce que je t'aime. Et que je t'ai aimé depuis l'instant de notre rencontre.

Elle se couvrit les yeux d'une main, avant d'ajouter :

— Je n'ai fait que mentir, quand je disais ne vouloir qu'une liaison sans lendemain...

Abaissant le regard sur la femme la plus courageuse qu'il n'eût jamais rencontrée, Alejandro songea aux moments épouvantables qu'Emily avait certainement traversés.

Pas seulement lorsqu'elle avait affronté Sebastián et Mariana, non. Surtout en découvrant qu'elle était enceinte, isolée dans un pays étranger…

Enceinte d'un homme qui… Alejandro ne lui avait jamais caché sa méfiance à l'égard du mariage.

Mais ça, c'était avant qu'il se retrouve seul dans une chambre d'hôtel new-yorkais, taraudé par l'envie de revenir chez lui. De revenir vers Emily.

— Merci…, souffla-t-il en soulevant la main qu'elle posait sur ses yeux. Merci d'avoir tenu bon, ma chérie.

— Je sais que ça arrive trop tôt…, gémit-elle.

— Non ! J'adore l'idée d'avoir un enfant avec toi !

Cette fois, le sourire d'Alejandro se fit gentiment moqueur, car il allait pouvoir répondre à l'une des questions d'Emily qu'il avait repoussée :

— Romero Jacobs, dit-il.

— Pardon ?

— Notre enfant. Son nom de famille sera Romero Jacobs.

Il vit des larmes noyer les beaux yeux bleus.

— Oh ! souffla Emily. Mon père regrettait tellement que je sois la dernière à porter le nom de Jacobs.

— Eh bien, il serait tout à fait rassuré de savoir qu'il y aura de nombreux petits Romero Jacobs !

Et Alejandro étouffa les protestations d'Emily en la couvrant de baisers.

Épilogue

— Si tu te crois obligé d'épouser Emily parce qu'elle est enceinte, commença Sebastián, dis-toi bien que…

Alejandro leva une main pour le faire taire.

— Épargne-moi tes discours, dit-il. Tu ne peux pas simplement te réjouir pour moi ?

Ils attendaient dans la sacristie, juste avant de rentrer dans l'église, et Sebastián espérait encore faire échouer ce mariage. Le fusillant du regard, Alejandro reprit :

— Je vais épouser la femme que j'aime. Si tu n'es pas capable de comprendre ça, alors c'est *toi* qui as un problème. Pas moi ! Essaie de faire un effort.

Sebastián lui posa la main sur le bras.

— Alejandro, dit-il, je veux seulement ce qu'il y a de mieux pour toi.

— Eh bien, c'est exactement ce qu'il m'arrive aujourd'hui.

— Alors, je te souhaite d'être heureux.

— Merci.

Ils entrèrent dans l'église au moment où leur mère arrivait par l'autre porte. Bien sûr, elle n'avait pu faire autrement qu'être en retard. Une entrée discrète ne conviendrait jamais à Maria de Luca. Sans avoir l'air le moins du monde embarrassée, elle remonta l'allée centrale, puis embrassa une Carmen manifestement réticente, avant d'aller s'asseoir à côté de José, qu'elle gratifia d'un tendre baiser.

Le soir où Emily et Alejandro étaient allés lui annoncer leurs fiançailles, José venait d'être opéré. Cela ne l'avait pas empêché de se lancer dans une longue diatribe où il leur avait expliqué que ce mariage contrecarrait tous ses projets. C'était Maria qui l'avait fait taire en lui disant :

— Fiche-leur la paix ! Je n'ai jamais vu mon fils aussi heureux.

— On ne peut pas dire que tu aies été suffisamment présente pour cela, n'avait pu s'empêcher de faire remarquer Alejandro.

Néanmoins, il se réjouissait d'avoir le soutien de sa mère.

— À quand le mariage ? avait demandé Maria.

— Dans quatre semaines, avait répondu Alejandro.

— Tu peux leur dire, lui avait soufflé Emily.

Alejandro s'était alors assis sur le lit de son père, pour annoncer à ses parents qu'Emily et lui attendaient un bébé. José n'avait pu s'empêcher d'y aller de sa petite larme, et Maria avait pris Emily dans ses bras – contredisant sa réputation de mère indigne.

Bien sûr, la *dama de honor* d'Emily ne pouvait être autre qu'Anna.

Malheureusement, Willow n'avait pu être du voyage à cause d'une énième otite. Mais il se trouvait que les parents d'Anna avaient fini par changer d'avis quant à l'existence de leur petite-fille, et c'était avec eux qu'elle passait le week-end.

Parmi les attributions de la *dama de honor*, il y avait celle consistant à s'assurer que le futur marié ne verrait pas sa promise avant qu'elle n'entre dans l'église. Pour qu'il en soit ainsi, Anna avait tenu à ce qu'elles aient un peu de retard.

— Je suis sûre que tout le monde est là, finit par dire Emily tandis qu'elles attendaient à l'extérieur.

— Cela mérite vérification, déclara Anna juste au moment où Sebastián l'appelait sur son portable pour leur demander d'avancer.

— On dirait qu'il annonce l'arrivée du cercueil, observa Anna en levant les yeux au ciel.

— Je ne crois pas être très populaire auprès de ma belle-famille, soupira Emily. Malgré tout, je suis plus heureuse que je ne l'aurais imaginé possible.

Lorsqu'elles entrèrent dans l'église, toutes les têtes se tournèrent. Un instant, Emily dut lutter contre la tentation de s'enfuir à toutes jambes, en notant dans l'assistance la présence de Mariana, Eva et Sophia – toutes des ex-petites amies d'Alejandro. De plus, elle avait vraiment l'impression d'être la future mariée la plus détestée de tout Jerez !

Mais son regard croisa celui de sa future belle-mère. Quelle ne fut pas la surprise d'Emily en voyant celle-ci faire un petit signe de la main sous son menton, lui intimant ainsi de garder la tête haute ! Puis Maria dessina un sourire sur son visage.

Ce fut en affichant une assurance qu'elle n'était pas certaine de ressentir, et un grand sourire un peu forcé, qu'Emily remonta la nef.

— Cela fait si longtemps que je t'attends, murmura Alejandro quand elle vint se placer à côté de lui.

— Je n'ai que dix minutes de retard, souffla-t-elle.

— Je ne parle pas de ça, l'éclaira-t-il. C'est juste que j'ai l'impression de t'avoir attendue toute ma vie.

— Alors, c'est pareil pour moi, avoua Emily, en nouant ses doigts aux siens.

Toute sa vie, elle avait rêvé de trouver sa place, de prendre confiance en elle, de fonder une famille...

Aujourd'hui, l'amour lui offrait tout cela.

Vous avez aimé ce roman ?
Retrouvez l'empire Romero dès le mois de juin
dans votre collection Azur !